LA BULLE

©2021. EDICO

Édition : JDH Éditions

77600 Bussy-Saint-Georges. France
Imprimé par BoD – Books on Demand, Norderstedt, Allemagne

Illustration couverture : Yoann Laurent-Rouault – *Cat's Society*

ISBN : 978-2-38127-198-9
Dépôt légal : septembre 2021

Le Code de la propriété intellectuelle n'autorisant, aux termes de l'article L.122-5.2° et 3°a, d'une part, que les copies ou reproductions strictement réservées à l'usage privé du copiste et non destinées à une utilisation collective , et d'autre part, que les analyses et les courtes citations dans un but d'exemple et d'illustration, toute représentation ou reproduction intégrale ou partielle faite sans le consentement de l'auteur ou ses ayants droit ou ayants cause est illicite (art. L. 122-4).
Cette représentation ou reproduction, par quelque procédé que ce soit constituerait une contrefaçon sanctionnée par les articles L. 335-2 et suivants du Code de la propriété intellectuelle.

Nathalie Sambat

La Bulle

JDH Éditions

Drôles de pages

« La beauté est dans le regard de celui qui regarde. »

Oscar Wilde

1

Le signal demandant d'attacher nos ceintures vient de s'allumer et les hôtesses de l'air passent dans les allées pour contrôler que chaque passager a correctement respecté la consigne.

Je vérifie pour la centième fois depuis que je suis à bord et ressers un peu plus à chaque fois sans m'en rendre compte. Encore un cran et je tombe en syncope. Les décontractants pris avant le départ sont aussi efficaces qu'un grand bol d'eau chaude, et les respirations recommandées par ma sophrologue ne ressemblent à rien de connu chez l'être humain… Mon souffle ressemble plus à celui d'un chihuahua essayant de mettre bas une portée de labradors qu'à l'arbre sentant le vent dans ses branches qu'elle m'a conseillé de visualiser.

Tandis que l'avion se dirige lentement vers la piste de décollage, le personnel navigant nous présente les consignes de sécurité. C'est un moment qui m'a toujours fascinée. Il y a un tel décalage entre les images de crashs d'avion et les solutions de secours proposées ! Un gilet de sauvetage dans cet appareil est aussi utile qu'un parachute dans un sous-marin. Je me dis que, quelque part dans ce monde, il y a quelqu'un, un jour, qui lors d'une réunion sur la sécurité à bord des avions, a dit :

— Eurêka ! Nous allons mettre à bord des équipements pour bateaux.

Suggestion à laquelle ses collègues, admiratifs, ont répondu :

— Ah ouaiiiiis ! Pas bête ! Tu penses à quoi ? Des bouées canards ou des brassards Superman ?

— Non mais oh ! On est ingénieurs, quand même ! Mettons au moins des gilets de sauvetage…

L'hôtesse précise qu'il faut attendre d'être dans l'eau pour en activer le gonflage. Ça me semble aussi évident que d'attendre d'avoir baissé son pantalon et d'être assise sur la cuvette des toilettes pour commencer à faire pipi !

Le décollage se passe comme prévu : en apnée. C'est la meilleure option retenue par mon cerveau : mourir étouffée plutôt qu'en miettes. C'est le passage d'une hôtesse de l'air dans l'allée qui me fait reprendre une grande bouffée d'air. Je peux enfin commencer ma phase dite de « suricate », celle où je suis à l'affût de chaque bruit suspect, de chaque mouvement de l'appareil et où je scrute l'équipage en quête de la moindre variation de leur regard pouvant indiquer une quelconque inquiétude.

— Vous désirez boire quelque chose, Madame ?

Son sourire est détendu, son chignon parfait et son maquillage impeccable. Je m'imagine à sa place un bref instant, la coiffure à moitié tombée, les traits d'eyeliner pas symétriques, les yeux écarquillés de terreur, la bouche toute crispée et les mains tremblantes servant les boissons à moitié à côté des verres…

— Rien, je vous remercie !

Prendre quelque chose, c'est prendre le risque de rater de précieuses minutes d'observation de l'habitacle.

L'avion amorce enfin sa descente. Si cela annonce la fin de mon calvaire, c'est également la phase la plus délicate du vol. Je n'en aime aucune et plante instinctivement mes ongles dans l'accoudoir. Mes mains sont moites et mon cœur bat plus vite que les hélices de ce coucou. Plus aucun clignement des yeux jusqu'à nouvel ordre n'est possible !

Je me détends enfin dès que l'avion a ralenti et roule tranquillement vers le terminal. Les gens applaudissent le pilote, ce qui vient me confirmer que réussir à faire voler cet engin est un exploit. Je suis épuisée… Temps de vol : 1 h. Ressenti : 20 h.

Comme d'habitude, je me jure que c'est la dernière fois que je m'inflige une épreuve pareille. Je ferai le trajet du retour à dos de licorne s'il le faut, mais plus jamais je ne monte dans ce truc qui défie toute rationalité.

Je récupère ma valise les jambes tremblantes et le visage couleur lune. L'aéroport ressemble à une fourmilière. Je me demande combien il y a de phobiques comme moi dans cette foule. J'ai beau savoir que l'avion cause moins de morts que la voiture, je suis quand même plus détendue en montant dans le taxi. Coluche disait que la bonne longueur pour les jambes, c'est quand les pieds touchent le sol. Je dirais que c'est un peu pareil pour les roues des véhicules qui me transportent.

Cette étape franchie, il me reste maintenant à supporter ce séminaire de comptables de 3 jours. Le groupe pour lequel je travaille réunit une fois par an les équipes administratives de l'ensemble de leurs établissements pour une mise à niveau des procédures. Le programme me provoque autant de plaisir que ce satané vol ! Rester plusieurs jours assise à écouter quelqu'un vous rappeler que toutes les factures doivent être rangées dans un classeur bleu et que le tableau de reporting mensuel comptera dorénavant une colonne supplémentaire, ça aspire plus à la pendaison qu'à la danse de la joie.

Les retrouvailles avec mes collègues ne m'enchantent guère plus. Je n'ai pas hâte de revoir Jacqueline, par exemple, qui ne parle que de son camping-car et de Jacques, son mari… Jacques conduit tellement bien ! Jacques trouve toujours les meilleurs emplacements dans les campings ! Jacques s'y connaît tellement en mécanique ! Jacques a chopé deux fois la « gastro » cet hiver ! Elle devait être bien contagieuse, car même plusieurs mois après, elle continue à nous faire chier… Je ne suis pas pressée non plus de revoir Stéphan, la caricature du comptable, avec ses pantalons trop courts, ses chemises

colorées, ses cravates « rigolotes » et ses vestes à épaulettes beaucoup trop larges. La plus grande fierté de sa vie, c'est d'avoir passé deux jours pour trouver un centime d'écart dans ses comptes. Pasteur, en découvrant le vaccin contre la rage, a probablement ressenti moins de fierté que Stéphan ce jour-là !
Véronique, elle, est une jeune qui en veut ! L'ambition et l'hypocrisie dégoulinent sur elle comme le caramel sur un Flamby ! Chaque sourire fait par-devant vous invite à compter le nombre de couteaux plantés dans votre dos par la même occasion. Ils sont une vingtaine de joyeux lurons dans ce genre à m'attendre à l'hôtel pour dîner. La seule chose qui m'empêche de me projeter en train de commander une anesthésie générale en guise de repas, c'est Kiki...

Kiki est comme moi. Elle fait ce métier sans passion, juste pour vivre, et prend tout cela avec dérision. Nous nous sentons un peu comme deux extraterrestres au milieu de ce groupe qui aime chercher des solutions là où il n'y a pas de problème. Il y a tellement d'autres priorités dans la vie. Nous rigolons beaucoup toutes les deux, et trois jours pour nous raconter nos dernières aventures et mésaventures respectives, ça risque d'être court.

Elle m'attend dans le hall et se précipite en se marrant dans mes bras :

— Ma chérie ! Tu as survécu à ton heure de vol ! Tu es encore un peu... grise, mais tu as l'air en forme. Je suis tellement contente de te revoir !

— Moi aussi, ma Kikounette ! J'ai encore fait la moitié du trajet sans respirer, ça explique peut-être mon teint ! À moins que ce soit à cause du côté mortifère de cette réunion ? Heureusement, je crois que les décontractants pris pour l'avion commencent seulement à faire effet...

— Ha ! ha ! ha ! Tu as de la chance, j'ai vu les autres et je te préviens, ils sont déjà tous au taquet ! S'il te reste des cachetons, j'en veux bien deux ou trois pelletées pour supporter le repas !

— Je crois qu'une citerne de rhum en plus ne serait pas de trop pour affronter ce qui nous attend !

— J'aime ton sens de la mesure !

— Ce sont mes médicaments ou j'ai des hallucinations ? Petit chaperon rouge droit devant !

Kiki pouffe tandis que Muriel se dirige vers nous, vêtue de rouge de la tête aux pieds. Des chaussures jusqu'à la pince dans les cheveux, tout exciterait un troupeau de taureaux ! Sans être un bovidé et non allergique à une couleur en particulier, cette femme provoque chez moi des réactions épidermiques. C'est un concentré de mauvaise foi et de mauvais caractère. Cette directrice financière a consacré sa vie à sa carrière professionnelle et la solitude l'a rendue aigrie. Elle ne rigole que quand elle se brûle.

Ses salutations sont courtoises mais froides. Elle est la « Boss » et le fait savoir en imposant une distance immédiatement, tout en donnant des instructions. On doit se retrouver tous ici à 19 h 30 précises pour une surprise. Cela nous laisse deux heures pour nous rafraîchir un peu et faire le tour des potins.

— Quelle surprise peut-elle bien nous avoir prévue ? s'inquiète Kiki en rentrant dans la chambre.

— Ça avait l'air de lui faire plaisir. Je m'attends donc à une séance de cure-dents plantés sous les ongles !

— Pas d'homme nu sortant d'un gros gâteau à la crème, alors ?

— Si c'est elle qui a organisé ça, l'homme sera eunuque et la crème au piment !

2

Allongées sur le ventre, face à face, chacune sur son petit lit, Kiki me confie ses déboires amoureux. À bientôt 38 ans, son horloge biologique s'inquiète, et rencontrer le père de ses futurs enfants est une tâche qui s'avère compliquée. Les sites de rencontres mettent sur son chemin toutes sortes de profils autant pathétiques que comiques. Entre les hommes mariés qui cherchent l'aventure, ceux qui sont traumatisés par leur ex, ceux qui ne comprennent pas le sens de « photo récente » et ceux qui envoient des photos de leur sexe au bout du deuxième mail, les anecdotes sont drôles et croustillantes.

En tout cas, il vaut mieux en rire, car je sais que Kiki vit cela avec beaucoup moins de légèreté que ce qu'elle veut bien le montrer.

— Et toi, Lili, tu en es où avec tes amours depuis ton divorce ? J'ai cru comprendre que tu voyais quelqu'un en ce moment... C'est sérieux ?

— Je crois toujours que c'est sérieux, et puis il y a toujours un mais ! Il m'a dit qu'il quittait sa femme quand on s'est rencontré, MAIS cela fait plusieurs mois, et ce n'est jamais le bon moment... « Elle est trop déprimée, ou pas assez, les enfants sont trop petits ou trop grands »... Je crois qu'il me prend un peu pour un jambon !

— Pourquoi rester avec lui, dans ce cas ?

— C'est une histoire sans engagement et sans prise de tête qui me convenait après mon divorce. Tu sais qu'il m'offre une nuisette à chaque fois que l'on se voit ?! Je peux dormir en changeant de tenue deux fois par nuit pendant un mois sans faire de lessives !

— Ha ! ha ! ha ! Tu comptes ouvrir une boutique de lingerie ou tu es amoureuse ?
— Ni l'un ni l'autre. J'y croyais un peu au début, c'est vrai… mais la rupture devient évidente. Le premier qui m'offre un pyjama, je l'épouse !
La sonnerie de mon téléphone interrompt nos rires :
— Madame Lili S. ?
— Oui ?
— Maître Henry, notaire de madame Rosa G. Est-ce que ce nom vous dit quelque chose ?
— C'est le nom de ma mère biologique, oui… Pourquoi ?
— Je vous cherche depuis un long moment, Madame S. Pouvez-vous me confirmer votre date et lieu de naissance, s'il vous plaît ?
— Ça dépend du motif de votre appel ! Si c'est parce qu'elle a laissé des dettes, je ne confirme rien du tout !
— C'est bien de votre mère que vous parlez là ?
— Elle m'a laissée à la naissance sans renoncer à ses droits maternels, faisant de moi une enfant non adoptable, donc oui, c'est bien d'elle dont je parle. À moins que j'aie une autre mère ?
— Je suis désolé, je ne connais pas exactement toute l'histoire. Il ne s'agit ni de dettes ni d'héritage, rassurez-vous. Je vous expliquerai tout cela lorsque nous nous verrons. Seriez-vous disponible après-demain pour la lecture d'un document ?
— Pouvez-vous m'en dire un peu plus sur la nature de ce rendez-vous ?
— Non, je ne peux pas. Mais rassurez-vous, ce ne sont que des bonnes nouvelles.
— Je vais me débrouiller. Pouvez-vous me confirmer tout cela par mail, s'il vous plaît ? Je vais devoir justifier une absence au travail.

— Sans aucun problème, je vais vous passer ma secrétaire. Il va falloir justifier de votre identité et fournir quelques documents. À dans deux jours, alors, Madame S…

Ce n'est qu'après avoir raccroché que je réalise que, avec ou sans héritage, cela signifie que ma mère biologique est décédée et, avec elle, toute possibilité de me relier à mes origines. Ma colère m'a toujours empêchée de faire un pas vers elle, et aujourd'hui, ne plus pouvoir faire la paix avec cette part de moi-même me laisse un goût amer. Je me demande bien quel document le notaire a évoqué. M'aurait-elle laissé une lettre d'explication ?

La liste des papiers à fournir m'oblige à repasser à Nantes avant ce rendez-vous sur Paris. La bonne nouvelle, c'est que je vais échapper à ce séminaire. La mauvaise, c'est que ça va être trop juste pour rentrer en dos de licorne !

Le temps que je débriefe Kiki, nous rejoignons en retard le groupe dans la salle de restaurant. Nous avons raté la belle surprise qui était l'annonce d'une journée de formation sur la fiscalité européenne.

— Tu vois ? Je n'étais quand même pas loin de la vérité avec mes cure-dents.

Mon chuchotement fait pouffer Kiki.

J'explique notre retard en raison d'un incident familial qui m'oblige à rentrer dès le lendemain. Je simule un peu la tristesse, personne ne pourrait comprendre réellement pourquoi je ne ressens rien.

Le dîner se déroule assez rapidement. Le camping-car de Jacqueline a rendu l'âme, Jacques ayant oublié de remettre de l'huile après la vidange. Le couple est au bord de l'explosion. Stéphan a changé de look. Sa femme s'est découvert une passion pour le tricot et il a laissé tomber ses vestes XXXXXXL des années 80 pour les pulls sans manches de son épouse. Véronique vient me consoler en fin de repas en me glissant à l'oreille une fausse gentillesse :

— J'espère que cela ne nuira pas trop à ta carrière, ton départ de ce séminaire. En tout cas, je suis de tout cœur avec toi !

Je retiens ce qui me traverse la tête :

« Pas plus que ta langue de vipère ne nuit à la tienne. »

Le silence reste la meilleure des réponses, même si intérieurement, j'ai envie de lui épiler les poils du nez un par un et au ralenti.

Je prétexte ne pas avoir le cœur à la fête pour rester avec eux à la soirée jeux-débat organisée après le repas et nous nous éclipsons avec Kiki. Nous quittons l'hôtel par une sortie de secours en rigolant comme deux adolescentes faisant le mur et partons en quête d'un endroit sympathique pour prendre un verre.

Cela fait à peine 2 heures que nous dormons lorsque le réveil sonne. Le « un verre » s'est transformé en « beaucoup trop », vu ma migraine ! Un mal de gorge me rappelle que nous avons également chanté. Mes cheveux puent la cigarette et ma bouche sent la vodka-caramel. Aucun de mes yeux ne s'ouvrira complètement sans une douche bien longue et bien chaude, ainsi que plusieurs perfusions de café. Je rigole en découvrant Kiki dans son petit lit, dans le même état que moi, avec un petit collier phosphorescent autour du cou :

— Kiki ! Rappelle-moi d'utiliser un mascara waterproof la prochaine fois que l'on se couche sans se démaquiller ! On ressemble toutes les deux à des pandas ! Quand on va descendre, ils vont nous servir du jus de bambou avec une tête pareille.

— Qu'importe ! Pourvu qu'il soit bien serré !

Lorsque nous rejoignons le groupe dans la salle de petit-déjeuner, tout le monde s'inquiète de savoir si nous avons bien dormi. Je ne pensais pas que les stigmates de notre soirée se voyaient tant que ça. Il me faut du temps pour comprendre que leurs interrogations concernent la tempête qui sévit dehors :

— Le mistral a soufflé à plus de 120 km/h cette nuit ! Des arbres ont été arrachés… Je ne sais pas si ton vol va être maintenu, Li ! Tu n'as pas trop peur ?

— Non, Nique !

C'est nouveau… elle m'ampute mon prénom de deux lettres, maintenant ! Tssss !

Je regarde par la baie vitrée. Les arbres sont couchés, les branches volent dans tous les sens, une partie du mobilier de jardin de l'hôtel est entassé sous une haie et l'autre flotte dans la piscine. Kiki explose de rire en voyant ma tête. Je ne suis même pas sûre qu'un taxi me conduirait jusqu'à l'aéroport avec ce temps, alors qu'un avion décolle ! Mais mon vol est confirmé… Je double la dose de décontractants.

Dans la voiture qui me conduit, le chauffeur tente de me faire la conversation tout en évitant les obstacles qui arrivent de toute part sur la route : des poubelles, des branches, un scooter !

— Ça fait bien longtemps que l'on n'a pas vu une tempête aussi forte par ici !

Même avec ce joli accent chanté, cette phrase me tétanise. Je vois sa bouche qui s'agite dans le rétro mais n'entends plus ce qu'il dit… Et une fois arrêté devant le panneau du dépose-minute, celui-ci tombe sur le capot. Et si c'était un signe ? Je ne sais plus si c'est ma trouille qui me parle ou mon intuition…

Je préviens l'hôtesse de mon état de stress en montant à bord et elle me place face à elle, pour pouvoir me rassurer pendant le vol. C'est « Space Mountain » à 30 000 pieds, la tempête est nationale. Il n'y a aucune distribution de boissons tellement ça secoue et l'avion fait trois rebonds sur la piste en atterrissant tandis que les gens crient en se mettant en position de sécurité. Je suis fière de moi, je n'ai pas hurlé ! En revanche, la gentille hôtesse qui m'a donné la main pendant tout le vol est bonne pour une greffe de crochet en titane. Elle continue pourtant de sourire... Mais qui es-tu, hôtesse de l'air ? Souris-tu également pendant que l'esthéticienne te fait le maillot ? Quand tu accouches sans péridurale ? Quand tu te coinces les doigts dans une porte ? Ce coup-ci, c'est vraiment juré – croix de bois, croix de fer – que je ne mettrai plus jamais les pieds dans cet oiseau de fer !

3

Entre deux messages de Kiki me suppliant de revenir, je tente de réunir les papiers pour le notaire. Je regrette du coup d'avoir baptisé toutes les pochettes de rangement « Divers ». J'aurais peut-être dû être plus attentive à la dernière réunion des procédures de classement ! Quoique cela n'aurait sûrement rien changé ! J'ai bien réussi à mettre le feu à ma cuisine en sortant d'une journée de formation en sécurité incendie !

Je me questionne sur ce rendez-vous chez le notaire… Ma mère a travaillé toute sa vie à l'usine avant de prendre sa maigre retraite au Portugal, pays où elle est née. J'espère vraiment qu'il ne s'agit pas de dettes ! Sinon, je la ressuscite et je l'étrangle ! Les blessures d'abandon et de dépendance affective m'ont déjà coûté assez cher comme ça en thérapies. En même temps que je repense à cette enfance particulière, je range machinalement mes papiers en étalant sur ma table des piles par thème, par date. Mais une fois sortie de mes pensées, je réalise à quel point je déteste ce que je suis en train de faire. Je remets tout dans des pochettes « Divers », et comme j'ai un doute sur la pile que je dois jeter, je rajoute une pochette « Divers à jeter ». Et voilà le travail !

Je suis assez fière de moi. Même si c'est un peu bâclé, la pile de pochettes fait propre et bien rangée. Jusqu'à ce que je réalise que j'ai aussi reclassé les papiers que je venais de sortir pour mon rendez-vous et que je dois recommencer. Je suis à l'administratif ce que Monsanto est à l'écologie, une catastrophe !

Le voyage pour Paris en train est beaucoup moins stressant. Ou plutôt, c'est une forme de stress qui est d'un autre genre !

Le wagon est rempli de familles avec des enfants en bas âge. Le petit ange qui est derrière moi et qui ruine mon dos à coups de genoux dans mon fauteuil s'appelle Kévin. Je le sais parce que c'est le nom que crie sa maman pour la centième fois en lui demandant d'arrêter de donner des coups de pied à la dame ! Et la dame, c'est moi ! Heureusement que le bébé d'à côté hurle pour faire diversion… À l'odeur qui envahit la voiture, je dirais que cet enfant essaye d'attirer l'attention sur le fait que sa couche soit pleine.

Le jeune militaire assis en face de moi met ce voyage à profit pour massacrer un chewing-gum en gardant la bouche ouverte. Même avec mon casque sur les oreilles et la musique à fond, j'entends chacune de ses mastications tout en étant hypnotisée par le petit bout de pétrole rose voyageant dans la bouche de ce ruminant ! Tant que l'armée a des gars comme ça dans ses rangs, je me sens protégée… Il ferait fuir n'importe qui de n'importe quel territoire !

Je crois que rien ne peut m'arriver de pire lorsque la petite mamie à côté du soldat sort un œuf dur pour son déjeuner. La couche du nourrisson, c'est une délicate fragrance à côté de son repas qui voyageait dans un sac plastique depuis fort trop longtemps à mon goût.

C'est les yeux injectés de sang et avec de la fumée qui sort par les oreilles que j'arrive à la capitale. M'enfoncer dans les couloirs du métro n'est pas la meilleure technique pour se détendre après un tel voyage. J'ai beau avoir vécu ici pendant 25 ans, je suis toujours aussi surprise du rythme de vie des Parisiens ! Je ne sais pas d'où leur vient cet ADN de taupe qui les pousse à courir dans ces galeries souterraines… Et le métro ne serait pas le métro sans un trajet avec colis suspect provoquant 20 minutes de retard sur la rame ! Ce qui, pour mon plus grand bonheur, augmente la densité des voyageurs dans les voitures et les couloirs, offrant un doux mélange de coups d'épaule, de pieds piétinés et d'odeurs corporelles en tous genres. C'est donc en retard et un peu tendue que j'arrive à l'étude notariale. La secrétaire doit prendre régulièrement le métro, car elle n'est pas très aimable. Elle contrôle les documents qu'elle m'a demandés, puis m'invite à rejoindre la salle d'attente.

Il y a quatre personnes dans cette salle riche en moulures et fioritures murales. Tout le monde me salue d'un signe de la tête lorsque je franchis la porte, sauf une vieille dame qui me sourit avec insistance en secouant la tête de bas en haut. Comme chez le médecin, je fais un rapide calcul : 30 minutes par personne, multipliées par 4… je ne suis pas sortie des ronces ! L'espoir renaît lorsque je comprends qu'un couple et la vieille dame sont ensemble. Elle me sourit toujours en hochant la tête. Ça me fait penser aux petits chiens que l'on trouvait autrefois sur la plage arrière des voitures, et me voilà à rire toute seule. Je fais diversion en essayant de trouver un magazine sur la table basse, mais tous datent de Gutenberg ! Je n'ai pas de réseau sur mon téléphone non plus, et tapoter le bout de mes doigts sur mes cuisses reste la seule activité possible. Ça me fera de la corne pour ma future carrière de guitariste… Je n'ose pas lever les yeux, car je sens le regard de la vieille dame toujours sur moi. Et effectivement, d'un rapide contrôle, je vois qu'elle me sourit toujours ! Sûrement une ancienne hôtesse de l'air !

Les trois se mettent à parler en chuchotant. J'aimerais bien qu'ils parlent plus fort, histoire de m'occuper un peu. Mon vœu est exaucé, sauf qu'ils ne parlent pas français. C'est bien ma veine ! Je tends quand même l'oreille… Il y a beaucoup de « che » dans leurs phrases et je ne parviens pas à reconnaître la langue. On dirait du portugais ! Ma ride du lion se plisse instantanément : soit le notaire est spécialisé dans les affaires de ce pays, soit ces gens sont ici pour la même affaire que moi ! Se peut-il que ces gens soient de ma famille ? Je n'ai pas le temps de finir mes questionnements, interrompue par le notaire qui se dirige vers la vieille dame pour la saluer :

— Madame G, bonjour, vous allez bien ?

Je rêve ? Cette dame a le même nom que ma mère biologique ! J'ai les yeux grands écarquillés et la bouche grande ouverte, telle une baleine pêchant du krill. Le couple salue le notaire en même temps qu'ils se présentent à lui :

— Bonjour, Judite G. !

— Sandro G.

La quatrième personne, une jeune femme assise un peu à l'écart, regarde la scène avec le même air de surprise que moi. C'est vers elle que se dirige le notaire, main tendue :

— Et vous ? Vous êtes… ?

— Heu, Amélia ! Amélia G.

Elle lui serre mollement la main, sans trop comprendre ce qu'il se passe. Il se dirige ensuite vers moi :

— Vous devez donc être Lili S. ?

Je bafouille un « oui » à peine audible tout en le saluant. Il nous invite ensuite tous à rentrer dans son bureau. Tel un zombie, je prends place à côté d'Amélia qui me lance un regard interrogateur que je lui renvoie.

— Je vous remercie toutes et tous d'être venus. Je vous ai réunis à la demande de Madame G ici présente. Je vais parler en son nom à sa demande, car les informations à vous transmettre sont un peu difficiles à exprimer en français. Je vais donc vous expliquer l'objet de cette convocation, puis laisserai un temps de parole à chacun d'entre vous.

Il reprend une profonde inspiration, comme pour se donner du courage, avant de poursuivre.

— Bien ! Madame G, traumatisée par une enfance miséreuse, a consacré sa vie au travail, cumulant parfois plusieurs emplois pour s'en sortir. Obnubilée par cette crainte de la pauvreté, elle a complètement délaissé certaines de ses obligations, notamment celle de mère, puisque sur ses quatre enfants, elle n'en a élevé aucun !

Le silence qui suit est saisissant.

— Judite et Sandro, vous avez été élevés par votre grand-mère au Portugal tandis que votre mère travaillait en France et envoyait de l'argent à la sienne pour subvenir à vos besoins. Votre père, qui lui a promis à chaque fois de vous reconnaître, mais aussi de l'épouser, a disparu dans la nature, laissant votre mère dans une situation financière et sociale bien délicate. Femme à tout faire dans une famille aisée une fois arrivée en France, Amélia a vu le jour dans des conditions peu idéales pour Madame G., qui s'est alors tournée vers les services sociaux pour trouver de l'aide. Ces mêmes services l'ont poussée à ne pas abandonner son bébé et lui ont proposé des familles d'accueil pour prendre le relai le temps que sa situation s'améliore. Mais deux ans plus tard, elle rencontre l'homme qui partagera le reste de sa vie avec qui elle aura un enfant, Lili. Malheureusement, cet homme est marié au Portugal et doit assumer une famille restée au pays. C'est donc encore une fois que Madame G. se tournera vers les services sociaux pour trouver une solution.

Je suis complètement sonnée. Cette dame serait donc ma mère et ces gens mes frères et sœurs ?! Je voudrais bien poser des questions, mais mes cordes vocales sont archi nouées, genre grosse bouclette et double nœud ! Le notaire reprend :

— Je mesure bien le choc pour vous, Amélia et Lili, d'apprendre ça et que cette première rencontre entre vous tous se déroule ainsi. Il n'y a pas de bonnes manières de vous annoncer tout ça, mais si vous le voulez bien, je vais poursuivre sur l'objet de votre venue et vous pourrez ensuite échanger les uns avec les autres.

Échanger ? Il ne réalise pas la bombe qu'il vient de lâcher et de la mitraillette à questions qui vient de se mettre en marche dans ma tête ! Il y a dix minutes, j'étais orpheline et fille unique !

— Si certains de vos pères ont choisi de ne pas vous assumer de leur vivant, ils ont tous laissé dans leurs testaments une part de leurs biens à Madame G., qui se retrouve aujourd'hui à la tête d'une petite fortune dont elle souhaite vous faire profiter de son vivant. Si vous êtes d'accord, je vais vous faire lecture de l'acte de donation.

Il enchaîne un blablabla soporifique plein de termes juridiques et de compositions grammaticales alambiquées. Je suis incapable de rester concentrée sur son charabia. Mes yeux parcourent tous ces visages, en quête d'une ressemblance, d'une émotion. Notre mère sourit toujours. La scène est surréaliste !

— Blablabla… 500 000 € chacun… blablabla…

Ce chiffre me sort de mes pensées. Je ne suis pas sûre d'avoir bien compris. Je suis même certaine de n'avoir rien compris du tout !

— Blablabla… Voilà pour l'acte ! Je vais donc maintenant laisser la parole à Madame G. !

C'est toujours avec un grand sourire qu'elle s'adresse à nous en français avec un accent très marqué :

— Bom dia ! You êtes touch trrè beaux et y'espèrch contench. Y'ai aiméch oucun dou mes enfantch. Il n'y yavait pas la piloule ! Mais y'ai découvert l'amour maternoul avec lou poutis enfantch. Alorch you voulai vous demandéch pardon pour nou pas aller en enferch !

(*Bonjour ! Vous êtes tous très beaux, et j'espère contents. Je n'ai aimé aucun de mes enfants. Il n'y avait pas la pilule. Mais j'ai découvert l'amour maternel avec mes petits-enfants. Alors, je voulais vous demander pardon pour ne pas aller en enfer !*)

Gros silence ! Trop d'informations à digérer dans son discours. Petit mais concentré ! Personne ne sait quoi dire ou comment réagir. Amélia et moi prononçons en même temps un timide « Heuuuu... merci ? », qui nous provoque à toute les deux un énorme fou rire nerveux. Le regard du reste de l'assemblée ne fait que l'accentuer.

Entre deux spasmes de rire, je parviens à sortir un « désolech, sou nervouch » qui empire encore plus notre envie de rire. Plus rien n'est sous contrôle... Nos visages ressemblent à ceux des dessins animés japonais, avec des jets de larmes au coin des yeux et la bouche grande ouverte. Je ne parviens pas à reprendre ma respiration et je choisis de sortir un instant le temps de me calmer. Amélia, qui est dans le même état, me suit.

Lorsque nous parvenons enfin à arrêter de pleurer de rire, je la regarde en réalisant qu'elle est ma sœur ! C'est une histoire de dingue !

— Alors coumme cha, on est chœurs ?

Nous repartons à rire de plus belle. Nos nerfs sont bel et bien en train de nous lâcher ! Entre deux « ha ! ha ! ha ! » bruyants, elle me répond :

— C'est parce qu'il n'y avait pas la piloule !

Nous sommes obligées de nous asseoir par terre pour essayer de reprendre notre souffle tellement nous rigolons. Le regard éberlué de la secrétaire ne nous aide pas à nous calmer. J'ai mal aux joues, au ventre et la tête complètement à l'envers. Quand nous retrouvons un peu nos esprits, le notaire vient nous rejoindre :

— Je sais que c'est une situation très particulière. Il n'y avait pas de bonnes façons de vous dire tout ça, j'ai choisi la plus rapide. C'est la première fois de ma carrière que je vis un tel cas de figure ! Bref ! Venez, s'il vous plaît, nous allons procéder à la signature des actes !

Nous regagnons nos places sans un mot. Une fois assises, nous prononçons en même temps un timide : « S'cusez-nous ! »

— Avez-vous des questions ? demande le notaire à l'assemblée.

Je lève la main, comme à l'école. Certains réflexes sont tenaces…

— Oui, je voudrais être sûre d'avoir bien tout compris… Donc, cette dame est ma mère ? Ces personnes sont mes frères et sœurs ? Et nous avons droit à une donation de 500 000 € chacun ? C'est bien cela ?

— Absolument, Madame S. !

— Mais quelles sont les conditions ?

— Aucune ! Il faut juste signer un document et l'argent sera sur votre compte d'ici quelques jours !

C'est un étrange mélange d'émotions qui m'habite à ce moment précis. Intérieurement, c'est Space Mountain avec Jean qui rit et Jean qui pleure ! Tant d'années de questionnements, de fantasmes, de colère… Je suis incapable de ressentir quoi que ce soit pour ces étrangers, mais je suis heureuse que l'occasion me soit donnée d'en connaître plus sur mes origines, mon histoire…

Au moment de signer, je m'adresse à maître Henry :

— Une dernière question… Pourrions-nous savoir où, quand et comment sont morts tous nos pères ? Ce qu'ils faisaient ? Quels hommes ils étaient ?

— Je laisserai Madame G. vous expliquer cela, mais le vôtre est toujours de ce monde. C'est par une donation de son vivant qu'il a souhaité aider votre maman !

— Je préfère le mot « mère », si ça ne vous ennuie pas. Une maman, j'en ai déjà une !

C'est sorti tout seul. Je n'arrive pas à associer cette femme à ce mot. Je l'appelle « ma génitrice » depuis tant d'années lorsque j'ai besoin d'en parler, alors le mot « mère » est déjà une forme de promotion ! Jamais elle ne sera autre chose. Celle qui a pris soin de moi, qui a veillé sur moi, qui m'a fait des câlins, qui m'a aimée, c'est elle qui mérite le mot Maman. Et je ne veux pas que d'où elle est, elle se sente trahie.

4

La décoration du bar est un peu glauque mais en harmonie avec ce que nous y célébrons, finalement ! Nous sommes rentrés dans le premier venu en sortant de chez le notaire. Nous sommes installés tous les cinq autour d'une table ronde et personne n'est très bavard. Par quoi commencer, en même temps ? Il n'existe aucun manuel pour vous préparer à cela. « Un frère, deux sœurs et une mère sortie du chapeau pour les nuls ! » Il y a tant de choses à dire... Je me lance sur un ton humoristique pour briser un peu la glace :

— Alors ? Qui a quel âge ?

Sandro est l'aîné. Il vit au Portugal avec sa femme et ses deux filles. Il ne parle pas un mot de français. Judite est la seconde, avec deux ans d'écart. Elle est venue en France lorsqu'elle avait 16 ans et parle sans aucun accent. Elle est propriétaire de la moitié de la maison de mon frère, où elle va régulièrement en vacances avec ses enfants. C'est dans sa partie à elle qu'habite actuellement notre mère Rosa. Avec sa famille, elle habite en région parisienne, à quelques kilomètres de là où j'ai grandi et vécu jusqu'à mes 20 ans. Peut-être nous sommes-nous déjà croisées dans des magasins, des transports, au marché... Peut-être même l'ai-je déjà klaxonnée ou engueulée au volant de ma voiture... C'est fou ! Amélia est née deux ans après. Elle habite maintenant à Poitiers. Elle a majoritairement grandi dans la même ville que moi. Nous avons fréquenté les mêmes écoles, avons le souvenir des mêmes institutrices. Nous nous sommes forcément croisées sans savoir ce lien de parenté, c'est très perturbant. Peut-être même avons-nous joué ensemble...

Les deux ans d'écart entre chaque membre de la fratrie me permettent de souligner la régularité de notre mère dans son système de reproduction, ce qui ne fait rire qu'Amélia. Les deux aînés, même s'ils ont été majoritairement élevés par notre grand-mère, ont des liens depuis toujours et connaissent notre existence depuis plusieurs années déjà. Ils ont moins l'effet de surprise et ne partagent pas les mêmes ressentis que nous par rapport à la situation.

Rosa écoute, sourit, mais ne dit rien. J'ai du mal à la regarder dans les yeux. Je l'ai tellement diabolisée durant des années que j'ai peur de découvrir qui elle est vraiment. Se construire sur son fantôme n'a pas été facile et se reconstruire sur ce qu'elle est réellement n'est pas un travail que j'avais prévu. Je sais néanmoins que, même si c'est douloureux, c'est l'occasion de me défaire d'une forme de colère qui m'habite depuis toujours :

— Rosa ? Ça fait beaucoup d'émotions pour aujourd'hui, mais j'aimerais beaucoup pouvoir discuter avec vous à l'occasion. J'ai envie et besoin d'en savoir plus sur vous, sur mon histoire… Pensez-vous qu'il soit possible que nous prenions un temps bientôt toutes les deux pour discuter calmement ?

Elle accepte immédiatement ma proposition et m'invite, avec Amélia, à venir passer quelques jours chez elle. Nous échangeons nos coordonnées, puis Judite lance le signal du départ :

— Je serais volontiers restée plus longtemps, mais Sandro et Maman ont un avion à prendre et nous devons partir. On s'appelle et on se revoit très vite !

Les « au revoir » sont très rapides et sans grandes effusions affectives. Je me retrouve seule avec Amélia :

— Sandro et Maman ! Je ne sais pas toi, Lili, mais quand Judite a dit ça, je me suis demandé de qui elle parlait. Il m'a fallu quelques secondes pour faire le lien avec Rosa !

— Je te rassure, ou peut-être pas d'ailleurs, mais ça m'a fait la même chose ! Je ne m'attendais absolument pas à passer une journée comme ça ! C'est lunaire…

— Je te rassure, ou peut-être pas d'ailleurs, mais moi non plus ! C'est horrible, mais je croyais que c'était suite à son décès que j'étais convoquée !

— J'ai pensé la même chose ! Et même pire, j'étais persuadée qu'elle m'avait laissé des dettes !

— Ha ! ha ! ha ! J'y ai pensé aussi !

— C'est étrange de parler à une parfaite inconnue tout en me disant que nous sommes sœurs !

— Quand tu es rentrée dans la salle d'attente, j'ai tout de suite compris qui tu étais. Je suis allée à la DDASS il y a quelques années pour en savoir plus sur mon histoire. C'est là que j'ai découvert la composition exacte de la famille. J'ai lu que Sandro et Judite avaient grandi avec notre génitrice, et ça m'a coupé toute envie de faire leur connaissance. Je ne sais pas toi, mais moi, je la déteste. Elle a fait de ma vie un enfer. J'ai aussi appris ton existence ce jour-là et j'ai laissé un mot dans ton dossier, au cas où tu aurais la même idée que moi. J'ai aussi essayé de te chercher, mais impossible de retrouver ta trace. Je ne savais pas que tu ne portais pas le même nom !

— Je n'ai jamais pensé à consulter mon dossier. J'ai été placée à 11 jours dans une famille d'accueil qui m'a adoptée à ma majorité, lorsque le consentement de Rosa n'était plus indispensable, et depuis, je porte leur nom. J'ai tiré un trait sur cette partie de mon histoire. J'ai choisi de faire l'autruche et de ne pas faire de recherches. Je ne savais pas qu'il y avait d'autres enfants, et tous également avec des parcours difficiles, visiblement. Et… je l'appelle ma génitrice aussi !

Nous recommandons un autre verre et chacune raconte son parcours à l'autre. Amélia a eu une vie beaucoup plus rude que la mienne. Trimballée de familles d'accueil pas toujours bienveillantes en foyers pas plus accueillants, son chemin est semé de traumatismes et d'abandons en tous genres. La personne qu'elle a réussi à devenir avec autant de cailloux dans ses chaussures inspire le respect et l'admiration. Je comprends sa colère envers Rosa, qui revient souvent au fil de la discussion…

Nous nous découvrons plein de points communs. Nous avons des chemins de vie très différents, et pourtant, nous sommes étonnamment identiques, c'est assez troublant. J'ai cette douce impression de l'avoir toujours connue.

— Mesdames, nous fermons dans cinq minutes !

Nous étions tellement absorbées par notre discussion que nous n'avons pas vu le serveur mettre les chaises sur les tables et éteindre la majorité des lumières. Dehors, il fait déjà nuit.

— Zut ! Il est quelle heure ? Le dernier train pour Nantes est à 22 h !

— Eh bien, il est… 22 h ! Et moi, j'ai raté celui pour Poitiers !

— Il faut dire que nous avions quelques années de papotage à rattraper Amélia !

— Tu crois que l'on peut trouver un covoiturage à cette heure-ci ? Ça semble compromis, non ?

— Comme tu veux, mais on peut aussi se trouver un hôtel pour continuer à discuter. Je viens de me rappeler que nous allons bientôt être riches !

— Rhooo ! Je l'avais oublié aussi ! Je n'arrive toujours pas à y croire ! Tu as raison, un hôtel et un beau !

Pendant le dîner, mais aussi une grande partie de la nuit, Amélia et moi discutons, rigolons, pleurons même ! Cette complicité et cette confiance instantanées nous surprennent. En quelques heures, j'ai une grande sœur, et elle, une petite. C'est comme une évidence. Je parviens à la convaincre de m'accompagner au Portugal pour discuter avec notre génitrice. À des échelles différentes, nous avons toutes les deux besoin de faire la paix avec cette femme que nous avons haïe pendant tant d'années. Pas pour l'argent qu'elle nous offre en guise de réparation, mais pour notre équilibre.

Nous sommes toutes les deux naturellement motivées à faire une place dans notre vie à l'autre. Les doutes et la frilosité du début ont disparu au fil de nos échanges. J'accepte que nouer avec cette partie de mon histoire ne soit pas trahir ma famille adoptive, même si mes parents sont décédés.

Dans le train qui me ramène chez moi, mes pensées se bousculent. Je sais qu'il va me falloir du temps pour digérer tout ce qu'il s'est passé la veille et réfléchir à ce nouveau demain qui se dessine. Dans quelques jours, je vais recevoir 500 000 € !!! Ça paraît énorme et en même temps, peut-être pas assez pour que je démissionne… Je ne réalise pas bien ! La liste de mes envies est assez simple : démissionner et trouver un travail qui a du sens à mes yeux, m'installer à la campagne et faire le tour du monde. J'ai tellement passé de longues soirées avec mon voisin et ami Adyl à refaire le monde, à imaginer nos vies dans la terre, avec des poules et des abeilles…

La décision de quitter mon boulot a été prise plus rapidement que prévu. Dès ma reprise, Muriel est venue me faire un débriefing du séminaire. C'est toute de vert vêtue qu'elle arrive cette fois-ci, on dirait un brocoli. Et tandis qu'elle me parle de règles fiscales avec ses lèvres toutes serrées, je rêve de grands espaces verts, de potager, de forêt, de vieilles pierres, d'odeur de terre mouillée, de crépitement de feu de cheminée… Elle parle aux gens avec un certain mépris qui m'agace profondément depuis toujours tout en s'écoutant parler.

— Tu as du rouge à lèvres sur les dents, Muriel !
— Pardon ?

— Je te dis que…

— J'ai entendu, je ne suis pas sourde ! Mais tu ferais mieux d'écouter ce que je dis au lieu de regarder mes dents. Tu comprends au moins quand je te parle ?

C'est à ce moment précis que le choix s'est fait ! C'est la petite goutte d'eau qui a fait déborder le vase :

— À vrai dire, je ne suis pas concentrée du tout sur ce que tu racontes. Je suis trop impressionnée, car c'est la première fois de ma vie que je vois parler un farfadet !

— Tu es sérieuse ? Ce n'est pas parce que l'équipe ici t'apprécie que je ne peux pas te faire virer. Tu as deux secondes pour me présenter tes excuses !

— Ne te bile pas, je démissionne !

— Pardon ?

Je ne réponds pas, je me lève et vais trouver la directrice de l'établissement pour lui annoncer la nouvelle, laissant Shrek pester toute seule dans mon bureau. Elle me propose une augmentation, puis une prime, pour essayer de me convaincre de rester, mais ma décision est irrévocable. J'aime travailler ici, il y a beaucoup de belles personnes dans l'équipe, avec du courage, de l'éthique, du respect et de la tendresse pour les personnes âgées que nous accueillons. Mes échanges avec les résidents vont beaucoup me manquer. Il y a tant de tristesse parfois dans leurs regards qu'il est facile d'effacer avec un geste tendre, une parole, du temps à leur accorder. Beaucoup d'entre eux ont eu des vies passionnantes que leur corps décharné rend insoupçonnables. Discrètement, je les observe souvent à l'heure du dîner et me demande comment je serai à leur âge. Est-ce que moi aussi, je mangerai de la soupe avec ma main tremblante en attendant que mon heure vienne dans un hôtel pour vieux ? J'envie ces pays, ces tribus, où la vieillesse rime avec sagesse et où les anciens restent auprès de leur famille qui en prend soin. Notre société est étrange : on travaille pour payer des gens qui s'occupent de nos gamins pendant que nous sommes au boulot, puis c'est au tour des enfants de bosser pour payer, à leur tour, des personnes qui prennent soin de nous une fois âgés. Un cycle de la vie qui manque de sens à mes yeux et qui me rappelle un peu plus chaque jour que je dois profiter de chaque instant…

Le même jour, je suis informée de l'arrivée des fonds sur mon compte par un appel de mon banquier. Habituellement, lorsqu'il prend la peine de me joindre, c'est plutôt pour me demander de renflouer mon découvert à la fin du mois et de me faire la morale : « Combien de fois vais-je devoir vous expliquer qu'il est important de faire ses comptes, Madame S. ? » Et à chaque fois, je lui réponds la même chose : « Faire ses comptes, c'est utile lorsqu'on gagne plus que ce que l'on dépense, ce qui n'est pas mon cas. Vous le savez très bien, nous avons déjà fait le point ensemble des dizaines de fois ! Et entre le jeûne pour dépenser moins ou la prostitution pour gagner plus, je n'ai toujours pas fait de choix ! » Je suis inquiète, nous ne sommes que le 10 du mois et il me harcèle au téléphone…

— Bonjour, Madame S. Je vous appelle pour vous prévenir que suite à une erreur informatique de nos services, votre solde est créditeur de 500 000 €. Alors surtout, ne vous inquiétez pas, nous faisons le nécessaire pour régulariser ça le plus vite possible. Mais j'ai bloqué votre carte bleue et vos codes d'accès pour les transactions, pour ne pas que vous dépensiez cet argent qui n'est pas à vous. Je vous présente nos excuses pour le dérangement que cela peut occasionner et…

— Je vous coupe, pardon, mais ce n'est pas une erreur. Cette somme m'est bien destinée. Je vous remercie de bien vouloir débloquer tout ça rapidement, s'il vous plaît.

— Et puis-je savoir d'où viendrait une telle somme ?

Grrrrr... je n'aime pas ce ton suspicieux ! Il m'énervait quand j'étais pauvre, et il m'agace toujours autant un peu plus aisée.

— Je suis trop gourmande pour jeûner et pas assez pour vendre mon cul... Mais vous êtes d'accord avec moi, ça ne pouvait pas continuer comme ça ! J'ai donc vendu un rein !

— Sérieusement, Madame S. ! En vertu de la loi visant à lutter contre le blanchiment d'argent, vous êtes dans l'obligation de nous fournir une attestation sur l'origine des fonds... Donc pas de plaisanterie avec moi !

— Vous n'êtes jamais content, vous, en fait ? Quand je n'ai pas de sous, vous râlez, quand j'en ai, vous le faites aussi ! Et soit dit en passant, si une loi permettait vraiment d'éviter les transactions douteuses, la branche bancaire serait au bord de la faillite ! Mais prenez donc contact avec l'étude de maître Henry à Paris, il vous fournira tous les documents dont vous avez besoin.

— Ce n'est pas à moi de le faire, Madame S. Et pourquoi un notaire ? C'est un héritage ?

— Monsieur, ça fait des années que vous me facturez tous les mois 15 € pour vos appels mensuels inutiles où l'on se dit toujours la même chose ! Alors, pour une fois, vous allez téléphoner, et gratuitement, à ce notaire de ma part ! Et puisque je vous ai en ligne, je voudrais vous demander votre avis... Quelle banque me recommanderiez-vous pour gérer cette somme d'argent ?

Il commence à me croire et son ton change sensiblement...

— Madame S., ce n'est que 500 000 €, nous sommes tout à fait en mesure de vous accompagner sur la gestion d'une telle somme. Souhaitez-vous que nous prenions rendez-vous ?

— Quand je vois les soucis que je vous ai causés avec mon petit salaire, je ne veux pas vous en causer d'autres avec cette petite somme... Je vais prendre le temps d'y réfléchir.

L'hypocrisie coule le long de ses cordes vocales et je l'entends à chacun des mots qu'il prononce…

— Oui, bien sûr, Madame S. Prenez votre temps. Je m'occupe d'appeler votre notaire et fais débloquer tout ça dès que je l'aurai eu au téléphone. Je me permettrai de vous rappeler dans les prochains jours pour faire le point avec vous et caler une date de rendez-vous. Le client avant tout !

Beuuuuurk ! Je vais le laisser mariner un petit peu et changer de banque. Je me doute que cette somme n'est pas significative et que l'herbe n'est pas plus verte ailleurs, mais ça me fait tellement plaisir ! Le client avant tout, comme il dit… Avec les frais qu'il me ponctionne pour un oui ou pour un non, il pourra toujours se faire livrer une palette de mouchoirs pour pleurer mon départ. Des établissements financiers plus éthiques, solidaires et ne finançant pas de choses sales commencent à émerger. Je vais chercher de ce côté-là.

En attendant, mon départ du poste de « Responsable administratif et financier » est une libération et l'absence de contraintes est jubilatoire. Je peux prendre le temps de définir un nouveau projet de vie. Je rêve d'un retour à la nature, de sentir le vent sur ma peau plutôt que les nuages gris des pots d'échappement, de humer l'odeur de la terre mouillée plutôt que les aisselles des gens dans les transports bondés, d'écouter le chant des oiseaux plutôt que les klaxons dans les embouteillages, de ramasser mes œufs plutôt que d'être complice de la maltraitance des élevages intensifs en les achetant dans des grandes surfaces. J'imagine une vieille ferme de caractère ayant besoin d'amour perdue au milieu de nulle part. En attendant de trouver cette perle, c'est direction Poitiers pour récupérer Amélia et prendre la route en direction du Portugal. La phobie des avions est visiblement héréditaire, mais en pire pour elle : même inconsciente, elle refuserait de monter à bord ! Et j'avoue que ce n'est pas pour me déplaire…

5

Même à deux chauffeurs, la route est longue. Mais nous avons toujours tant de choses à nous raconter. Plus nous nous connaissons et plus nous sommes persuadées d'avoir été clonées tellement nous fonctionnons de façon identique. Nous spéculons beaucoup sur ce qui nous attend là-bas, ce voyage est vraiment particulier. Le nom du village où nous nous rendons aussi l'est : Vila Nova de Famalicão, la vie nouvelle du foyer des chiens ! Mère habiterait-elle dans une niche ?

La cabane du chien s'avère être une grande maison entourée de bois avec un immense jardin sur le devant. Rosa vient à notre rencontre vêtue d'une blouse, un torchon à la main, avec toujours ce même sourire. À peine avons-nous le temps de descendre de la voiture qu'elle nous embrasse et nous bombarde de questions avec son accent à couper au couteau que je parviens à traduire plus ou moins…

— Ça va ? Vous avez fait bonne route ? Pas trop fatiguées ? Je suis contente de vous recevoir, entrez donc… J'espère que vous avez faim, j'ai fait dou poulecho chan.

— Du quoi ? dis-je d'un air surpris.

— Une spécialité d'ici… dou poulech au chan.

— Sans quoi ? Je ne comprends pas…

— Dou chan ! Comme che qui coule dans les veines !

— Du poulet au sang, me traduit Amélia. Ton meilleur repas de végétarienne !

— Je suis gâtée ! C'est un combo !

L'intérieur de la maison est plutôt luxueux, un peu étrange… Il y a du marbre au sol, de grandes statues pour décorer, des dorures. Un vieux caniche abricot vient nous accueillir en remuant son moignon, vestige d'une ancienne queue qui devait pourtant lui être certainement utile. Il s'appelle Kiki. J'en connais une qui va être contente ! En l'honneur de Rosa qui ajoute des « ch » à chacun des mots qu'elle prononce, et pour le différencier dans ma tête de mon amie, je l'appellerai donc Kikich. Nos chambres sont spacieuses, avec chacune une grande salle de bain privative.

Cette maison appartient à Judite et nous éprouvons une petite pointe d'amertume en découvrant tout cela. Amélia et moi avons tellement galéré pour nous reconstruire, réparer nos traumatismes, sortir de la peur de l'abandon et de la dépendance affective, que nous n'avons pas bâti grand-chose. Ce n'est pas de la jalousie, mais des interrogations sur ce qu'aurait pu être notre vie sans ce début de parcours rock'n'roll !

Au moment de passer à table, je réalise qu'elle a fait un plat spécialement pour moi qui ne mange pas de viande et me sert… de la morue ! Je trouve l'intention touchante, même si elle est ratée. Je tente de manger quelques morceaux de pommes de terre, et en me voyant trier, elle me questionne. Je lui explique que je ne mange en fait ni viande, ni poisson, ni fruits de mer…

— Sou n'ech pas dou poichon, Sou dou la morue !

(Ce n'est pas du poisson, c'est de la morue !)

Amélia et moi explosons de rire instantanément. C'est à ce moment-là que Sandro passe pour nous dire bonjour. Il habite l'autre moitié de la maison, qui est en tout point symétrique, avec sa femme et ses filles que nous rencontrerons demain. Il ne parle ni français ni anglais, ce qui oblige de faire passer la communication par Rosa. Il va être difficile de l'interroger sur ses ressentis et ses émotions sur la situation… Nous nous contentons d'apprendre quelques gros mots en portugais, ce qui les fait beaucoup rire. Nous sommes particulièrement épuisées par le trajet et avons du mal à suivre tout ce que dit notre mère, mais passons un bon moment. Nous n'avons abordé aucun sujet concernant le passé, mais ce n'est ni le bon moment ni le bon état...

Nous nous endormons en rigolant en boucle sur :

— Sou n'ech pas dou poichon, sou dou la morue !

— Houhouaféch ?

J'ouvre les yeux, mais mon cerveau est encore beaucoup trop endormi pour comprendre ce qu'ils voient. Je suis couchée sur le côté et je ne reconnais rien du décor dans lequel je me trouve. Je me demande si je suis en train de rêver quand, soudain, cette voix me revient sur la droite :

— Touvouchdoucaféch ?

Je sursaute, me retourne et me trouve à quelques centimètres à peine d'un vieux visage plein de rides que je ne reconnais pas tout de suite. Je ne peux retenir un cri. Elle sourit :

— Tou vouch dou café ?

(Tu veux du café ?)

— Heuuuu... oui... s'il te plaît !

Et hop ! Elle quitte la pièce sans aucun autre mot. Je l'entends ouvrir la porte de chambre d'à côté et, quelques instants après, le cri de Amélia. Je souris en imaginant très précisément sa tête.

Quand elle disait qu'elle n'avait pas l'instinct maternel, elle ne nous a pas menti. Il ne lui manquait plus qu'un gros nez rouge pour se croire dans une scène du film *Ça*.

Je retrouve Amélia dans le couloir et les premiers mots que nous échangeons simultanément sont « Tou vouch dou café ? », et partons dans un fou rire.

Lorsque nous arrivons dans la cuisine, nous sommes surprises de voir Kikich avec un torchon attaché autour de son ventre.

— Rosa ? C'est normal le tissu autour de Kikich ?
— Ah oui ! J'ai oublié de lui retirer. C'est pour l'empêcher de faire pipi !

Je ne dois surtout pas croiser le regard d'Amélia à ce moment-là pour ne pas rire. La scène est un peu surnaturelle…

Pendant que nous déjeunons, elle nous propose de passer la journée à Braga, une ville avec un gros patrimoine religieux. Elle ajoute que nous serons bien là-bas pour aborder toutes les questions qui nous ont amenées ici. Quand nous sommes enfin prêtes, elle renoue un torchon autour de la pauvre Kikich. Je ne peux me retenir :

— Amélia, je te conseille d'aller aux toilettes avant de partir si tu ne veux pas te retrouver avec un drap noué autour du ventre en pleine ville !

Elle pouffe de rire.

Rosa décide que nous prenions sa voiture et nous découvrons que finalement, elle est meilleure mère que conductrice. J'aurais moins peur dans un avion faisant des loopings avec les moteurs en feu qu'à l'avant de sa vieille voiture qu'elle remet sur sa voie à grands coups de volant. La visite guidée est comme tout ce que nous vivons depuis notre arrivée : inhabituelle ! Ici, c'est la maison d'une cousine qui est morte écrasée pas une voiture… Là, c'est la maison d'une tante partie d'une hémorragie cérébrale… À chaque virage, nous faisons connaissance d'un nouveau membre de la famille qui avait l'air grande avant que tous ne meurent. On a l'impression de visiter un cimetière. Et je me demande si sa conduite n'est pas pour quelque chose dans l'extinction de notre lignée !

Elle nous montre ensuite la petite chapelle où s'est mariée Judite. Elle nous raconte la cérémonie, romantique et fastueuse, la beauté de la mariée, des fleurs blanches partout…

— Tu devais être très émue de voir ta fille se marier ?

— Non !

Sa réponse, sans aucune émotion dans la voix, nous laisse silencieuses. Je lis sur le visage d'Amélia de l'incompréhension et une pointe de colère. J'ai hâte de comprendre le fonctionnement de cette femme dont le monde intérieur m'échappe complètement pour le moment. Ma sœur et moi avons besoin de trouver la paix avec cette partie de notre histoire.

Braga est effectivement une ville impressionnante par son architecture, ses églises, ses cathédrales, ses palais... C'est dans le parc magnifique menant au complexe de Bom Jesus do Monte que Rosa se livre sur sa vie sans attendre nos questions. Zola, à côté de ce qu'elle nous raconte, c'est un Bisounours !

Sa mère est veuve assez tôt. Elle se retrouve seule et pauvre avec plusieurs filles à élever. Rosa est la petite dernière et les conditions de vie sont très rudes. Elles vivent toutes dans une petite cabane en bois à moitié délabrée, ne mangent pas tous les jours ou parfois juste des bouillons à base de racines que leur fournissent les bois des alentours. Le dimanche est un jour de fête, elles ont droit à un œuf chacune que leur seule poule leur offre sur la semaine.

Lorsqu'elle avait six ans, Rosa tombe gravement malade, une sorte de pneumonie avec de fortes fièvres. Elle se souvient du médecin à son chevet expliquant à sa mère que son état est grave et désespéré. Elle reste à l'agonie plusieurs jours et les rares fois où elle ouvre les yeux, elle voit sa mère à table faisant de la couture ou prenant sur elle des mesures. Elle est en train de lui confectionner un linceul avec des draps en coton. Rosa en a bien conscience, mais n'a pas assez de force pour poser des questions. Elle veut vivre ! Elle survit miraculeusement et personne ne parle de cet évènement. Cette robe destinée à sa tombe devient sa robe de tous les jours. On ne gâche pas du coton... Elle nous raconte ça en rigolant, comme si c'était une bonne blague, tandis que nous, nous sommes horrifiées par ce voyage dans le temps proche du Moyen Âge.

Elle ne va pas à l'école non plus. Il faut aller chercher du bois, s'occuper du potager, partir en «cueillette», rendre service aux villageois contre quelques pièces ou de la nourriture. Très tôt, elle part travailler à l'usine pour dessaler des morues. Elle a deux heures de trajet à pied à travers les bois et les champs, travaille 10 heures par jour, parfois avec un seul repas dans le ventre. Elle rêve alors, et on la comprend, du prince charmant qui la sortira de cette vie de forçat.

Elle le rencontre à 17 ans, au bal du village. Il a une moto et une réputation de «bad boy», mais il lui vend du rêve : fuir sur son engin cette vie de miséreuse. Il est beau, il sent bon, il a du bagou, promet le mariage, une belle maison… Elle est naïve, pas éduquée, ne connaît aucune forme d'amour… Elle craque le premier soir et se donne à lui, une seule fois. Mais elle a le même karma que Pierre Richard dans le film *La Chèvre* et tombe donc enceinte. Son prince charmant se transforme en crapaud et disparaît avec la bonne nouvelle. Jeune fille mère, pas majeure, avec un entourage très catholique, elle est la risée, la honte du village. Elle tente de s'autoavorter en sautant, se donnant des coups sur le ventre, en buvant des potions à base d'herbes qui sont mauvaises pour les animaux, mais Sandro est bien accroché et a envie de vivre. Elle n'aime pas cet enfant qui l'éloigne un peu plus de la vie qu'elle espère et n'assure que le minimum vital en attendant une échappatoire.

Nombreux sont alors les Portugais qui quittent le pays pour tenter une vie meilleure en France. Elle se met en contact avec un réseau de passeurs et organise son départ : Sandro restera au pays avec sa grand-mère et Rosa enverra de l'argent pour assurer sa survie. Il a un peu plus d'un an lorsqu'enfin, elle annonce son départ. La nouvelle de cette quête pour cet Eldorado se répand dans le village et le beau motard refait surface.

Il ne veut pas qu'elle parte. Il l'aime, veut reconnaître son fils, l'épouser… Elle succombe une seconde fois, mais il disparaît aussi vite que la première. Le peu de réputation qu'il lui restait part définitivement en fumée et elle gagne la France peu de temps après la naissance de Judite qui reste avec sa grand-mère et son frère. La naissance de ce bébé ne provoque pas plus d'émotions que précédemment. C'est juste du labeur en plus…

Elle reste évasive sur sa traversée avec les passeurs. On sent juste que cela n'a pas été une partie de plaisir jusqu'à Paris. Dans ce pays, dont elle ne connaît ni la langue ni la culture et où elle est sans papiers, chaque pas est dangereux. Le « réseau » la place dans une riche famille parisienne comme femme à tout faire, le temps pour elle d'apprendre le français et d'obtenir des papiers. Et dans sa fiche de poste, la fonction « à tout faire » est assez vaste, puisque deux ans après la naissance de Judite, elle met au monde Amélia. Elle explique que ce monsieur est gentil et qu'elle n'est pas en position de refuser ses avances. Il ne veut pas entendre parler de ce bébé ! Amélia devient alors sa porte de sortie : il l'aide à s'installer, à obtenir ses papiers et elle disparaît en gardant ce secret auprès de sa femme. Elle découvre qu'en France, on peut abandonner son bébé légalement, mais entre la pression des services sociaux et ses croyances religieuses, elle opte pour une solution plus confortable moralement pour elle : confier son bébé à l'assistance publique. Elle ne l'abandonne pas pour sauver son âme des flammes de l'enfer, mais n'a pas à s'en occuper. Elle peut même obtenir des primes pour Noël et les rentrées scolaires dans l'usine où elle travaille sur présentation du livret de famille ! Les errances d'Amélia de familles d'accueil en foyers commencent. Seul le curé du village est au courant de la naissance de cette petite fille. Deux « Avé Maria », une hostie et, abracadabra, elle peut aller au paradis.

En plus de ce travail dans cette usine en banlieue parisienne, elle fait quelques heures de ménage, de repassage. Elle vit dans un petit deux-pièces, en face de la ligne de chemin de fer, dépense peu et envoie régulièrement de l'argent au pays. Elle descend les voir une fois par an, pendant les vacances d'été. Là-bas, sa réussite lui permet de nettoyer sa réputation.

Dans cette entreprise, elle fait la connaissance de Manuel, un Portugais qui a aussi traversé illégalement les frontières. Il a laissé femme et enfants là-bas pour assurer leur avenir. Rosa tombe amoureuse pour la première fois de sa vie et entame une étrange vie de couple avec lui : ils vivent ensemble mais se séparent deux mois par an où chacun retrouve sa famille. C'est de cette relation que je suis le fruit.

— Tou es l'enfant dou l'amour !

(*Tu es l'enfant de l'amour !*)

Mais, amour ou pas, aucun des deux ne veut de moi qui arrive deux ans pile après Amélia. Je prends donc le même chemin de la DDASS avec juste un peu plus de chance que ma sœur. L'assistante sociale qui s'occupe de mon dossier semble moins débile que les autres. Elle trouve que de laisser l'enfant dans une famille d'accueil où il est bien est plus bénéfique que la règle absurde imposée alors par la DDASS, qui recommande que l'enfant ne s'attache pas à une famille qui n'est pas la sienne. J'ai la chance de tomber sur une famille aimante. Elle me redit que je suis née parce qu'elle ne connaissait pas la « piloule ». Ma naissance est tue au pays, même le curé n'est pas dans la confidence, puisqu'elle connaît la recette anti-enfer !

Lorsqu'elle termine de nous raconter tout ça, nous sommes à une terrasse en train de boire un verre et de manger une glace. Amélia et moi avons la bouche grande ouverte d'effroi devant cette histoire de vie improbable ! La glace que nous ne pouvons avaler coule sur nos mains et nos cuisses sans que nous nous en rendions compte. Il y a un tel décalage entre l'humour qu'elle utilise tout le long de son récit et la dureté des évènements ! Ce n'est pas mélodieux, l'air ne va pas avec les paroles… C'est comme entendre *Le chant des partisans* sur l'air de *La bonne du curé* ! L'humour n'est pas un masque qu'elle utilise pour se protéger, elle est vraiment profondément coupée de ses émotions.

L'arrivée d'un bébé est un cadeau, un évènement joyeux plein d'amour. Entendre une autre réalité concernant sa propre naissance n'est pas chose facile. Mais, étonnamment, plus elle parle et plus ma colère se libère. Elle a fait ce qu'elle a pu avec ce qu'elle avait, que cela soit sur un plan affectif, financier, intellectuel, culturel…

— Vous avez des questions ?

— Sandro, Judite, Amélia, ce sont des prénoms à consonance portugaise. Pourquoi Lili ?

— Je ne voulais vraiment pas de toi, alors je ne pouvais pas te choisir de prénom. C'est la sage-femme qui a décidé, « à cause dou guide Nathalie dou Gilbert Bécaud » !

Eh bien ! Quel privilège d'être l'enfant de l'amour !

6

Nous voulions des réponses, nous les avons eues ! Un peu en mode mitraillette, certes, mais elles vont nous permettre d'avancer, même si cela nécessitera au moins 50 ans de thérapie intensive chez un psy ! Nous sommes un peu KO avec cette distribution intensive de bourre-pifs et avons besoin de nous isoler un peu. Rosa s'éclipse pour aller brûler un cierge dans une église en remerciement de ce moment libérateur pour sa conscience. Nous, nous choisissons d'aller marcher pour éviter de la brûler tout court…

— Sans déconner !!! Je suis sous le choc ! On reprend la route ce soir… Je ne reste pas une minute de plus avec ce monstre, parvient à articuler Amélia.

— Je comprends… Je suis choquée aussi, mais je suis aussi libérée.

— Libérée ? Elle a l'empathie d'une moule ! Et encore, c'est une insulte à ce mollusque !

— C'est justement pour ça que je me sens en paix, Amélia. C'est parce que c'en est une ! On ne peut pas en vouloir à une moule de manquer d'empathie parce que, justement, c'est dans sa nature. Rosa, c'est pareil ! Sa photo pourrait illustrer le mot « misère » dans le dictionnaire ! Sa vie entière n'est que misère : intellectuelle, affective, sociale, amoureuse… Elle n'est pas équipée pour faire autre chose que ce qu'elle a fait !

— Ce n'est pas une excuse ! Nous aussi, on s'est pris des coups de pelle dans la figure depuis notre naissance ! Ce n'est pas pour autant que cela fait de nous des êtres dénués de sentiments, de bon sens, de valeurs, de compassion…

— Mais parce que tu es douée d'intelligence, Amélia ! Pas elle !

— Elle était suffisamment intelligente pour aller en cachette dans nos écoles récupérer des certificats de scolarité et toucher les primes de rentrée scolaire de l'usine où elle travaillait ! Elle est indéfendable !

— Elle a une intelligence émotionnelle qui frôle le zéro. Elle a reproduit ce qu'elle a connu dans son enfance : pas d'amour, pas de câlins, pas de gestes tendres, pas d'attentions… Je ne défends pas ce qu'elle a fait, je pense juste qu'elle n'avait pas les outils pour faire autre chose ! Elle a reproduit la bouse qu'elle a reçue…

— Je te trouve très indulgente sur ce coup-là !

— Je comprends… Tu n'en voudrais pas à un pigeon de te chier sur la tête parce qu'il n'est pas conscient de ce qu'il fait. Alors, d'accord, elle ne vole pas et n'avance pas sa tête d'avant en arrière quand elle marche, mais elle ne mérite pas plus de colère que ça. Et si c'était plutôt une chance de ne pas avoir été élevées par elle ? C'est le chemin que nous avons emprunté qui a fait de nous ce que nous sommes, et franchement, même si nous ne sommes pas parfaites, nous sommes de belles personnes.

— Je ne sais pas, j'ai trop d'émotions qui me traversent pour bien discerner tout cela. J'ai besoin de digérer un peu les choses…

— Oui, nous allons éructer un peu, mais au final, ce sera libérateur !

— C'est peut-être plus facile pour toi parce que tu es l'enfant dou l'amour !

— Ha ! ha ! ha ! Je suis de « la non piloule », ce n'est pas pareil ! Toi, elle t'a choisi un prénom, au moins !

— Tu imagines si la puéricultrice avait été fan de *Casimir* ou de *Babar* ? Tu aurais pu t'appeler Céleste !

« L'homme souffre si profondément qu'il a dû inventer le rire », écrivait Nietzsche. Nous rions, le temps fera le reste...

Le trajet du retour prouve que Rosa n'a brûlé aucun cierge pour améliorer sa conduite qui est toujours en mode *Starsky et Hutch*. Elle met la radio à fond pour nous faire découvrir ses chansons préférées, et même si nous saignons un peu des oreilles, l'ambiance est détendue. Je l'observe en train de chanter et m'interroge sur les pensées qu'elle peut bien avoir après de telles confidences. Est-elle une illustration de l'expression « imbécile heureux » ?

Nous sommes accueillies en arrivant par deux jolies jeunes filles qui se précipitent au cou de Rosa, nos nièces de 14 et 11 ans. Elles parlent français et sont toutes contentes de nous rencontrer. Deux tatas sorties de nulle part semblent une heureuse expérience. Je suis étonnée de la relation complice qu'elles ont avec notre mère. Cette femme froide et insensible avec qui nous avons passé l'après-midi se métamorphose en mamie gaga devant ces charmantes demoiselles. Elle dit avoir découvert l'amour avec ses petites-filles, elle n'a pas menti. Amélia a peut-être raison d'émettre quelques doutes sur mon analyse, puisque cette femme est douée de sentiments, finalement. L'âge apporte de la sagesse, à moins que cela soit la peur de la mort qui s'avance... Nous devons digérer cette journée bien intense, et pour l'heure, l'urgence est à la libération de Kikich, toujours prisonnière de son torchon. Nous préparons des plateaux-repas, car ce soir, c'est la série préférée de Rosa et de sa voisine qui nous a rejointes. Nous dînons devant un soap-opéra brésilien qui place *Les Feux de l'Amour* au rang de chef-d'œuvre télévisuel. Amélia et moi dormons ensemble ce soir, nous en avons besoin...

Pour éviter le réveil « touvoudoucafé », nous avons réglé l'alarme sur nos téléphones. Et pour émerger en douceur, je lance une playlist aléatoire. La première chanson qui se met en route est de Calogero, *Si je pouvais lui manquer* :

Il suffirait simplement
Qu'il m'appelle
Qu'il m'appelle
D'où vient ma vie certainement
Pas du ciel
Lui raconter mon enfance
Son absence
Tous les jours
Comment briser le silence
Qui l'entoure
Aussi vrai que de loin je lui parle
J'apprends tout seul à faire mes armes
Aussi vrai qu'j'arrête pas d'y penser
Si seulement je pouvais lui manquer

— Je crois que je préfère encore avoir peur au réveil avec la tête de notre mère à deux centimètres de mon visage que d'écouter cette chanson, marmonne Amélia.

— C'est clair ! Même YouTube nous rappelle pourquoi nous sommes ici ! Bon, debout ! Si lui, c'est son père qui lui manque, moi, c'est un café !

Ce matin, Rosa nous propose de venir avec elle s'occuper des poules. Tout ce qu'elle veut à partir du moment où elle ne conduit pas ! Nous nous enfonçons un peu dans les bois pour rejoindre un vieux cabanon en bois faisant office de poulailler. Elle nous parle de ses gallinacés avec fierté et nous les présente une par une. Elles ont toutes un prénom rigolo, enfin, rigolo pour ceux qui comprennent le portugais !

— C'est visiblement plus facile de choisir un nom à une poule qu'à sa fille, parviens-je à chuchoter à Amélia.

— Tu n'avais pas assez de «ploumes» sur le caillou, peut-être ?

— Vilain petit canard !

Amélia me sourit, elle sait ce que cet humour cache. Rosa nous explique que c'est la maison de son enfance, là où elle est née et où elle a grandi. Je la trouvais déjà indigne pour des poules ! Même si le temps a fait son œuvre sur la dégradation de la maison, on imagine le confort primaire de cet endroit. C'est saisissant d'imaginer Sandro et Judite vivant dans ces conditions. C'est une belle revanche sur la vie pour eux que d'avoir pu construire une grande villa sur les terres familiales et de montrer ce que Rosa « la traînée » a réussi à construire.

Au milieu des poules, je la questionne sur tous ces pères qui l'ont couchée, sans mauvais jeu de mots, sur leurs testaments. Le bad boy motard, père des deux aînés, n'a jamais fondé de famille. Il ne s'est jamais tellement pardonné sa lâcheté. Il est revenu plusieurs fois à la charge pour l'épouser, mais chat échaudé deux fois craint l'eau froide et Rosa l'a éconduit sous la pression de la grand-mère qui craignait de se retrouver à la tête d'une famille nombreuse avec un père fantôme. Il a alors totalement disparu de sa vie et s'est exilé au Brésil, où il a monté une entreprise plutôt florissante et s'est plongé dans le travail. Lorsqu'il est décédé dans un accident de moto, Rosa était sa seule héritière testamentaire. Une procédure judiciaire, entamée par la famille du défunt qui contestait cette décision, a duré des années, avec de multiples appels et recours compliqués par la distance.

Entretemps, le père d'Amélia, qui avait caché toute sa vie son écart à sa famille, a ressenti le besoin de confesser ses fautes lorsqu'il s'est su condamné par la maladie. La peur du purgatoire lui a fait rechercher cet enfant dont il ne connaissait même pas le sexe. Lorsque Rosa lui annonça les choix qu'elle avait faits pour sa fille, il fut rongé par la culpabilité. Il s'est éteint avant d'avoir pu la rencontrer, mais, avec la bénédiction de sa famille, a ajouté Rosa sur son testament.

Il y a quelques années, elle se retrouve donc à la tête d'une jolie somme d'argent, mais elle est déjà âgée, seule, sans besoins et sans rêves. Elle n'a ni le goût des voyages ni celui des choses fastueuses. Elle ne sait pas quoi faire de cet argent et garde le secret quelques années, de peur de susciter des convoitises. La seule personne en qui elle ait confiance est Manuel, mon père. Après des années de vie commune plutôt heureuse, il a retrouvé femme et enfants une fois en retraite. Ils sont cependant restés en contact, de manière amicale et ils s'appellent toutes les semaines. C'est lui qui lui a suggéré cette histoire de donation de son vivant. Et comme il venait lui-même d'hériter, il voulut lui aussi participer, par honneur. Ce n'est pas le mot que j'aurais choisi personnellement... Je me serais plus orientée vers culpabilité pour avoir abandonné un bébé et une maîtresse, mais Rosa semble tenir à ce mot qu'elle répète plusieurs fois.

J'ai de la peine pour elle, sa vie est triste à mourir. Même si c'est le fruit de mauvais choix, sûrement en partie à cause de son enfance moyenâgeuse, elle aurait pu connaître quelques moments de grâce, un virage heureux. Un étrange karma qui fait réfléchir. Je ne veux pas que les traumatismes de mon enfance me poussent sur un tel chemin. Je ressens un besoin urgent de me débarrasser de ce sac plein de pierres lourdes que je porte comme un fardeau depuis trop longtemps. J'ai une soif soudaine de vivre léger, de couper ce lien avec mon passé. Je visualise ce sac rempli de rancunes, de colères, de frustrations, de doutes, de souffrances, et l'abandonne là, au milieu des épluchures que les poules se disputent en caquetant. Libérée, je n'ai plus de freins pour la réalisation de mes rêves.

Nous passons l'après-midi à la plage. Il fait une chaleur épouvantable, mais personne ne se baigne. Amélia et moi sommes les seules à courir dans l'eau sous le regard étonné des gens assis sur leurs serviettes. C'est lorsque l'eau nous arrive au niveau des mollets que nous comprenons pourquoi... l'eau est à -300°! Même un Breton ne se baignerait pas ici! Ils pêchent sûrement les poissons surgelés dans cette zone, et le sel sur les morues, ce n'est pas pour le goût ou la conservation, mais pour faire fondre la glace! Nous avons le haut du corps qui brûle tandis que nos orteils frôlent les engelures. Le choc thermique provoque immédiatement une envie de faire pipi et nous sortons de l'eau en dansant la gigue sous les rires de nos nièces et de notre mère.

— Putain! Ils ne peuvent pas faire comme sur les paquets de clopes et prévenir les gens qu'ici, nager tue la vessie!

— Ne me fais pas rire, s'il te plaît! supplie Amélia.

— Non mais avec une eau à cette température, ils devraient installer un bidet tous les mètres sur la plage!

— Ha! ha! ha! Arrête! J'en peux plus... On ne peut même pas aller faire pipi dans l'eau, de peur de finir avec une stalactite dans le maillot.

— Ha! ha! ha! Si tu fais de la plongée ici, tu ne croises que des « Croustibats » et « Captain Igloo », sans rire!

Nous pleurons de rire et arrivons aux toilettes essoufflées et les yeux pleins de larmes. Notre fou rire dure un long moment, un bon moyen d'évacuer les tensions de ces derniers jours. Le reste de la journée est joyeux et léger, propice à plein de moments de complicité toutes les cinq.

Notre départ le lendemain matin se fait sans grandes effusions. Rosa nous remercie encore et encore de cette visite. Elle semble émue de nous voir partir. Nous ne saurons jamais de quoi se compose cette émotion... Un début d'attachement pour nous ? Du soulagement pour cette libération de la parole ? De nous voir partir ? Je ne sais pas si je la reverrai un jour. Ce que nous avons tissé ce week-end, ce n'est pas du lien, mais un pansement sur nos plaies mutuelles. Le pardon, aux autres ou à soi, c'est tellement puissant...

Juste avant que nous ne montions dans la voiture, elle nous tend un paquet enveloppé de papier journal, avec un grand sourire :

— Je me suis levée à 5 h du matin pour vous tuer un poulet, c'est meilleur qu'au supermarché ! C'est pour manger avec les enfants ! Sou pas dou la viande, sou dou poulet !

— On n'a pas d'enfants, mais merci quand même, répond Amélia, désespérée.

Je ne peux me retenir d'exploser de rire.

7

Reprendre la route est comme une reconnexion à la réalité après avoir traversé un portail spatio-temporel. Un voyage dans le temps qui explique le présent, mais dont le trajet secoue un peu. J'irai peut-être un jour à la rencontre de mon père, mais pour le moment, je n'en ressens ni l'envie ni le besoin. Avec Amélia, nous passons de longues heures à décortiquer ces quelques jours et nous en arrivons à la même conclusion : nous laissons ce passé derrière nous et avançons enfin vers nos rêves. Dès que nous passons la frontière, nous allumons la radio, et le message de Jean-Louis Aubert est clair :

Tu connaîtras des chagrins sans raison
Tu croiseras aussi la trahison
Tu entendras leur parole à foison
Et parfois même jusqu'à la déraison
Et tu verras la bassesse, l'impudeur
Tu connaîtras aussi l'agression
Et tu verras des micros tendus
Vers des femmes et des enfants nus
Puisses-tu vivre, continuer
Puisses-tu aimer, continuer
Puisses-tu puiser, un peu d'eau
Dans le puits, de tes nuits
Puisses-tu sourire, et même rire
Quand le pire est à venir
Puisses-tu aimer, sans sourciller
Simplement continuer

Nous rêvons toutes les deux d'une nouvelle vie, loin de la ville et de son manque de respect de la nature et du vivant. Nous voulons nous reconnecter à la nature, à des relations plus solidaires, à des valeurs plus humanistes. Je vais commencer par me chercher un petit coin de paradis perdu au milieu de nulle part, je verrai par la suite où cela me mène. L'important est de m'éloigner du rythme « métro-boulot-dodo » et d'être libre. Pour l'être, il faut de l'argent, mais pour en avoir, il faut être asservi… Quel étrange paradoxe !

Cela fait plusieurs semaines que je regarde les annonces, mais mon budget n'est pas si démesuré que cela. Je veux pouvoir garder un peu d'argent pour vivre le temps de développer une activité qui me convienne et pour d'autres projets qui me tiennent à cœur, comme un tour du monde. C'est en descendant rendre visite à Kiki que tout se met en place… Je voyage en prenant les petites routes, en faisant des étapes dans chaque région pour voir où j'ai éventuellement envie de m'installer. Et c'est en me trompant de route à une bifurcation dans le sud des Cévennes que je trouve mon bonheur. J'avance à l'ombre des arbres sur une route départementale trop étroite pour faire demi-tour. Le soleil traversant les branches donne une ambiance très particulière et douce. Je roule un long moment sans savoir où je vais, mais c'est magnifique. Juste avant l'entrée d'un village, je trouve un chemin de terre s'enfonçant vers la forêt pour pouvoir manœuvrer. En faisant une marche arrière, je repère une affiche « à vendre » avec une photo de la propriété. La maison de mes rêves est là, devant mes yeux. Je m'aventure sur le chemin et serpente à travers les arbres avant de me retrouver face à un magnifique mas en pierres avec une vue incroyable sur la chaîne montagneuse. Se lever tous les matins en voyant ça doit être une vraie bouffée de bonheur ! La maison a besoin d'amour, elle semble inhabitée depuis longtemps et dans un sale état à certains endroits. Il y a d'autres bâtiments autour, dont une immense grange. L'endroit appelle à la contemplation et est parfaitement adapté au projet qui mûrit depuis un certain temps dans mon esprit. Je me sens chez moi.

Je prends rendez-vous pour le lendemain avec l'agence en charge de cette transaction. Le prix de la maison est un peu au-dessus du budget que j'avais prévu, mais tant pis, mon tour du monde attendra. Je pars ensuite visiter le village. Il est désert mais absolument charmant avec ses vieilles maisons en pierres, sa vieille église et un cours d'eau traversant le village. Il n'y a aucune activité, même pas une boulangerie ou un dépôt de pain. Je m'arrête devant le petit hôtel de ville, mais il est également fermé. J'ai encore la main sur la poignée lorsque j'entends une voix masculine derrière moi :

— Bonjour, je peux vous aider ?

— Bonjour, je voulais juste savoir s'il y avait des hébergements à proximité, genre maison d'hôtes, gîte ou hôtel ?

— Vous arrivez 20 ans trop tard… Il ne reste quasiment plus que des personnes âgées ici. Le village s'éteint tout doucement. Je peux me permettre de vous demander pourquoi vous cherchez à dormir ici ? On a très peu de touristes, juste quelques familles de temps en temps qui viennent voir les anciens, et encore…

— Vous n'êtes pas vieux, vous ! Vous n'êtes pas du village ?

— Ah si, moi, je suis le maire ! Je suis aussi charpentier et ma clientèle me permet de pouvoir habiter ici, mais je suis le plus jeune et le seul ! dit-il en rigolant.

— Je voulais dormir dans le coin, car j'ai rendez-vous demain matin avec l'agence immobilière pour la propriété à vendre à l'entrée du village. Vous sauriez m'indiquer où aller pour trouver un hébergement pour la nuit ?

— Vous voulez acheter le moulin ? Mais c'est immense pour une maison de vacances !

— Pourquoi le moulin ? Et je compte y habiter ! J'ai même un projet de ferme pédagogique, en permaculture, avec une partie bien-être, et de l'écotourisme. J'ai aussi envie d'aider des jeunes et de proposer des animations à des personnes âgées… Le projet n'est pas encore clairement défini, j'attends de visiter les lieux pour savoir exactement ce qu'il sera bon d'y faire.

— Il y a un moulin sur la propriété, mais il est en ruine. Mais j'ai envie d'en savoir plus sur votre projet. J'ai une dépendance aménagée en studio chez moi, si vous voulez, pour cette nuit. C'est simple, mais fonctionnel et indépendant. Je vous offre l'hébergement et vous me racontez tout ça ?

Je n'ai pas le temps de répondre qu'il se met en marche en m'invitant d'un geste de la main à le suivre. Je récupère ma valise dans le coffre de ma voiture et le rejoins. Il habite à quelques centaines de mètres de la mairie. Tandis que nous marchons, il me raconte un peu la vie du village de son enfance… Ici l'ancienne école, là l'ancien bureau de poste, l'ancienne épicerie, l'ancien cabinet médical… Le village était composé essentiellement d'artisans avec un vrai savoir-faire : un meunier, un forgeron, un souffleur de verre, un charpentier, un boulanger, un ébéniste, etc. L'industrialisation grandissante a fait disparaître doucement tous ces métiers un par un, plus personne ne voulait reprendre les postes laissés vacants au moment de la retraite. Les jeunes partaient pour faire des études et restaient dans les villes qui leur garantissaient un travail. C'est comme ça que le village s'est éteint tout doucement. Aujourd'hui, il reste moins d'une centaine d'habitants et la moyenne d'âge est de 70 ans.

Nous arrivons chez lui et empruntons un escalier extérieur pour monter à l'étage d'une belle vieille maison en pierre donnant sur un grand jardin clôturé naturellement au bout par la petite rivière. La vieille porte en bois restaurée qu'il ouvre donne sur un immense grenier rénové avec goût. Les vieilles poutres en bois délimitent des espaces différents : un coin bureau, avec une fenêtre donnant sur le jardin, un immense lit posé sur une estrade le long d'un vieux mur en pierre derrière lequel se cache une magnifique salle de bains.

— Waouh ! C'est sublime ! C'est vous qui avez restauré cet endroit ?

— Content que ça vous plaise. Oui, c'est moi, j'aime bien bricoler... mais ça reste simple et fonctionnel !

— Dans le HLM d'où je viens, le simple et fonctionnel ne ressemble pas à ça, je vous promets !

— Tenez, voici la clef ! Je vous propose que nous descendions dans le jardin pour prendre un verre. Comme ça, vous allez pouvoir me raconter d'où vous venez justement et ce que vous venez chercher ici.

Il est un peu maladroit dans sa façon de parler, mais il dégage une vraie gentillesse. Il écoute mon parcours avec intérêt et ponctue de grands « oui » avec la tête chacune de mes phrases présentant l'enfer de la ville que je cherche à fuir. Il comprend parfaitement les motivations qui me mènent ici et, même si le projet est encore mal défini, l'esprit solidaire et respectueux que je souhaite donner au lieu lui plaît. Il nous prépare un gratin de pâtes que nous grignotons dehors, sous un ciel étoilé magnifique et des cris d'animaux provenant des bois dont il reconnaît chaque son.

Nous passons une très agréable soirée et nous nous quittons assez tard. Il doit partir tôt le lendemain matin et m'invite à laisser la clef dans la boîte aux lettres en partant. Le lendemain matin, au moment de quitter ma chambre, je trouve devant la porte un plateau avec un thermos de café, des croissants et un petit mot : « Voici mon numéro de portable. Appelez-moi après votre visite, et surtout, ne signez rien sans m'en parler ! Bon petit-déjeuner et à tout à l'heure. »

Comment ça, « ne signez rien » ? Y aurait-il des choses cachées sur la vente de cette maison ? Cette phrase m'intrigue, mais pas assez pour me passer de ce délicieux repas.

La visite confirme mon coup de cœur de la veille. Le mas est dans son jus, certains sols sont encore en terre battue, mais le potentiel est immense et le charme indescriptible. L'agent immobilier me montre sur un plan l'étendue du terrain de 40 hectares, composés en partie de forêts et de terres agricoles. Il me montre où se trouve la ruine du moulin, mais ne sait pas comment y aller et ne peut m'y accompagner. La grange est étonnamment bien conservée et ne nécessite pas de grands travaux. Les autres dépendances sont assez grandes et me permettent d'y imaginer un laboratoire pour transformer la production, un atelier d'artiste ou un espace bien-être. Je suis comme un enfant dans un magasin de jouets, je ne sais plus où donner de la tête… il y a tant de possibles.

Je m'éloigne un instant pour appeler le maire…

— Allô ? Franck ? C'est Lili… Merci beaucoup, au fait, pour le petit-déjeuner !

— Je vous en prie ! On ne commence pas une journée sans, c'est impossible… Alors ? Vous avez visité ?

— Oui, enfin, une partie, parce que c'est immense… mais je vais signer ! L'endroit appelle au partage et la vue des chambres est juste incroyable. Je suis amoureuse de cet endroit ! Pourquoi souhaitiez-vous que je vous tienne informé ?

— D'abord, parce que je suis le maire et que je voulais être au courant de ce qu'il se passe dans ma commune, mais surtout parce que je suis le propriétaire de cet endroit qui appartenait à mon grand-père, meunier dans le temps jadis. J'ai envie que vous réussissiez dans ce projet et vous allez avoir besoin de sous pour y parvenir. J'ai envie de vous faire une offre plus avantageuse… Ce prix était pour dissuader d'éventuels Anglais qui auraient habité les lieux quelques semaines par an comme c'est le cas dans les villages de charme des alentours. Mais votre projet, il peut rapporter de la vie dans cette commune tout en étant propre… Ça vous dit une seconde nuit dans la grange pour parler de tout ça ?

— Avec grand plaisir… Je n'ai pas de mots. Pourquoi ne pas m'en avoir parlé hier soir ?

— Je voulais entendre un truc du style « tombé amoureux de cet endroit » dans la bouche du futur acheteur. Cette maison a une grande valeur sentimentale. Pouvez-vous me passer l'agent immobilier ? C'est mon cousin, je vais lui expliquer… Je rentre vers 15 h, je vous retrouve sur le terrain ou à la maison ?

— Je ne vais pas bouger d'ici. Je vais prendre des photos, réfléchir à l'aménagement des lieux et profiter de tout ça ! On se retrouve ici.

Je lui passe son cousin et respire profondément… Je suis chez moi ! Une fois seule, je m'installe sur la terrasse du mas et commence à écrire ce que m'inspire cet endroit. Le projet se dessine tout seul : un éco-lieu pour accueillir des jeunes en difficulté afin qu'ils se ressourcent et se réconcilient avec la vie, proposer des activités, des échanges, des services aux personnes âgées isolées du village, créer un espace en permaculture pour assurer l'autonomie alimentaire du village, monter une ferme pédagogique pour sensibiliser, éduquer, développer des activités autour du bien-être, remettre le moulin en activité, recevoir pour former ou simplement se poser. Son nom vient comme une évidence : La Bulle.

Franck me rejoint un peu en avance et, tout en marchant dans la propriété, je lui explique les grandes lignes de La Bulle. L'idée le séduit immédiatement et il s'inscrit comme meneur du chantier participatif pour la restauration du moulin. Il me montre un chemin qui donne accès directement au village et évite aux personnes âgées d'emprunter la route sinueuse et grimpante destinée aux véhicules. Nous estimons rapidement les coûts de chaque aménagement envisagé et j'explose rapidement mon budget. Tant pis, je ferai les choses en plusieurs étapes, rechercherai des financements… C'est le projet de ma vie.

En fin de journée, alors que nous trinquons à cette future nouvelle vie dans le jardin de Franck, son cousin vient nous rejoindre. Il a préparé un compromis de vente. C'est un projet énorme et j'ai un peu les mains qui tremblent à l'idée de cet engagement. Et en lisant le document, je découvre les conditions suspensives de Franck : un engagement sur la restauration des bâtis, sur les activités intergénérationnelles et une activité écologique et solidaire. Le prix : 10 000 € symboliques.

8

Après cette soirée riche en émotions et en larmes de joie chez Franck, et quelques jours studieux chez Kiki, je passe plusieurs semaines à finaliser ce projet. Je fais faire des études de sols, demande des devis, monte différents budgets, effectue des recherches et commence à passer mon permis D. Le plus difficile est de convaincre l'ASE, anciennement la DDASS, de la pertinence de ce projet pour les jeunes en foyer. Il y a tant de normes, de contraintes, de démarches que c'en est presque décourageant. Mais mon passé et celui de ma sœur donnent une petite légitimité qui permet malgré tout d'avancer.

Personne n'est au courant pour La Bulle et je veux faire une surprise à Adyl et à Amélia. J'organise un petit week-end sans leur expliquer où, pourquoi et comment. Je leur ai juste demandé de préparer des affaires pour camper pendant 3 jours. Ils ne se sont jamais rencontrés, mais, comme je m'y attendais, le courant entre eux passe immédiatement. Ils tentent tout le long du trajet de me soutirer des informations, mais je ne lâche rien :

— Ce soir, après dîner ! Vous ne saurez rien avant ! Vous pouvez continuer de faire tout le chantage que vous voulez, ça ne changera rien !

— Dis-nous au moins si c'est quelque chose de sympathique ! supplie Amélia.

— Non, c'est un truc horrible, affreux, épouvantable ! Beuuuurk !

— On va se baigner au Portugal ? lance Amélia.

— On va à un congrès de chasseurs ? poursuit Adyl.

— On va à un congrès de pêche sous-marine au Portugal ? pouffe Amélia.

Les neuf heures de trajet sont une succession de propositions tout autant farfelues que drôles. Ils sont un peu plus taiseux en arrivant sur la petite route menant au village et j'ai toute leur attention en m'engageant sur le chemin de la propriété.

— Voilà ! Nous y sommes !

— C'est magnifique… mais nous sommes où ? demande Amélia.

— Chez moi !

— Wouah ! Et le bus là ?

— C'est un bus aménagé. Je ne peux pas le conduire pour le moment, je l'ai donc acheté dans le coin et fait livrer ici. C'est là que nous allons dormir cette nuit. Je vous fais visiter ?

— La vue est juste hallucinante, parvient à prononcer Adyl qui n'a pas fermé la bouche depuis notre arrivée.

— On fait juste un tour rapide des bâtiments et nous découvrirons ensemble demain les 40 hectares ! Nous préparerons ensuite un feu de camp et un ami viendra nous rejoindre pour le dîner.

— On le connaît ? demande Amélia.

— Non, mais je crois qu'il devrait te plaire…

— Cet endroit est comme celui que l'on imaginait nos soirs de déprime pour se remonter le moral ! dit Adyl.

— Oui, je l'ai reconnu tout de suite… et tu y es le bienvenu quand tu veux et autant de temps que tu veux.

— Ne dis pas ça ! Je suis capable de ne jamais en repartir, sinon ! dit-il en rigolant.

Tout le long de la visite, Adyl me donne plein d'idées et de conseils. C'est un passionné de permaculture, d'apiculture et un puits de science dans tellement de domaines. C'est aussi un grand humaniste, qui défend plein de belles valeurs. Comme moi, il cherche l'homme de sa vie, mais nos profils un peu atypiques rendent la tâche un peu difficile.

Nous terminons par le bus dans lequel Franck a déposé tous les achats de vaisselle et de linge de maison que j'ai effectués lorsque je suis descendue le visiter. Il est aménagé simplement mais avec goût et dispose de tout le confort nécessaire à bord. Chaque recoin est exploité, et pourtant, on a une impression d'espace.

— Lili ? Ça t'embête si je dors dehors, cette nuit ? J'ai tellement rêvé d'une nuit à la belle étoile dans un endroit pareil !

— Bien sûr que non, Adyl ! Fais-toi plaisir... Cet endroit est fait pour ça ! Nous allons préparer le feu de camp avec Amélia, il ne va pas tarder à faire nuit, et pour le moment, nous n'avons pas d'électricité. Et puis, je ne sais pas vous, mais moi, j'ai super faim.

Nous sommes à l'orée du bois en train de ramasser des feuilles mortes et des branches sèches lorsque nous entendons des bruits bizarres provenant des sous-bois. Comme dans l'avion, je passe en mode apnée avec les yeux grands écarquillés en guise de radar ! Je regarde Amélia qui fait exactement la même tête que moi. Sans dire un mot, nous partons en courant rejoindre Adyl, tranquillement en train de monter son campement de fortune pour la nuit.

— Ne me dites pas que vous n'avez pas trouvé de bois, les filles ! Je ne vous croirais pas !

— Tu promets de ne pas te moquer ? dis-je en regardant toujours dans la direction des bruits.

— Je ne fais jamais aucune promesse que je ne peux pas tenir... Raconte !

— On a entendu du bruit !

— Ha ! ha ! ha ! J'ai bien fait de ne pas jurer-cracher ! C'est normal du bruit dans une forêt, tu sais ! Il y a des animaux et ils ne mettent pas de patins sous leurs pieds parce que tu as acheté !

— Rhaaa... Je sais bien ! Mais l'endroit le plus sauvage que je n'ai jamais visité, c'est le Jardin des plantes ! En journée, ça va, mais avec la pénombre, ce n'est pas pareil...

— Comment tu vas faire quand tu vas vivre ici ? Tu envisages d'installer des lampadaires dans la forêt ? Tu sais que vivre à Paris ou à Nantes, c'était beaucoup plus dangereux ! À la belle étoile, cette nuit, je vais me laisser bercer justement par tous ces bruits...

— Nous, nous allons fermer le bus à double tour et monter la garde à tour de rôle, hein, Amélia ?

— Et nous avons de la citronnelle ! Nous n'hésiterons pas à nous en servir ! crie-t-elle en direction du bruit.

Nous explosons de rire. La peur ne se contrôle pas et j'ai baigné dedans petite : ne jamais parler aux inconnus, courir si un monsieur demande sa route, crier si quelqu'un me touche, etc. J'ai beau avoir conscience qu'ici, je ne crains rien, on n'efface pas de vieux schémas aussi facilement ! Mais ça viendra... surtout en voyant que le bruit à l'origine de toute cette tachycardie est le fruit d'un petit lapin qui pointe le bout de son nez sans se soucier de notre présence. Amélia et moi partons dans un fou rire en découvrant cela, mais choisissons tacitement de le taire à Adyl, de peur qu'il se moque encore plus.

C'est le moment que choisit Franck pour venir nous rejoindre. Il descend de sa voiture quelques sacs de courses que j'ai également fait livrer chez lui. Il sait que je ne parlerai de mon projet que plus tard dans la soirée et me fait un petit clin d'œil pour me signifier qu'il n'a pas oublié la consigne.

Après les présentations, Adyl ne peut s'empêcher de rapporter nos exploits d'aventurières à deux balles et Franck ne peut s'empêcher de nous taquiner...

Amélia et moi repartons en quête de bois, la trouille au ventre, mais la fierté trop ébranlée pour échouer. Je pense que le ramassage, vu de loin, ressemble à un film visionné en accéléré tellement nous allons vite. De la même façon que l'on ne voit pas les pattes d'un hamster quand il court à grande vitesse sur sa roue, on ne voit pas nos mains glaner de quoi allumer un feu !

Nous installons quelques fauteuils de camping autour d'un immense foyer en pierre face à la vue incroyable et allumons notre premier feu de camp. Je prends quelques photos de cette sympathique compagnie en train de trinquer et rire. Tout le monde est détendu, heureux... C'est un beau moment.

À la fin du repas, je leur distribue à chacun une lampe frontale et un classeur enveloppé dans un papier cadeau. C'est un dossier complet de présentation de mon projet : « La Bulle ». Il y a plusieurs onglets :

– Projet sans investisseurs
– Projet avec investisseurs
– Équipe

Je les invite à lire dans un premier temps la première page de chaque onglet, qui résume ce qui est détaillé ensuite.

Le projet sans investisseurs est plus petit : c'est celui que je peux raisonnablement financer tout en gardant un peu d'argent de côté le temps que des revenus puissent être dégagés de cette exploitation. Cela englobe six axes d'activités : permaculture, apiculture, ferme pédagogique, thérapies alternatives et bien-être, accueil de jeunes en difficulté de l'ASE et création d'un espace pour des animations, échanges et entraides avec les personnes âgées du village.

Le projet avec investisseurs ajoute des habitats alternatifs, styles yourtes, kerterre, cabanes, pour développer une activité touristique, la création d'une piscine biologique, exploitation du moulin, formations, etc. Les revenus supplémentaires dégagés serviront à financer les rêves de certains jeunes que nous allons accueillir, comme un voyage, un sport, une passion, une formation, et à payer des prestations de confort pour les personnes âgées du village.

Dans les deux cas, les travaux de rénovation des bâtis sont partiellement confiés à des entrepreneurs pour tout ce qui nécessite des habilitations particulières de sécurité liées à l'accueil de public. Le reste est sous forme de chantiers participatifs.

Ils ont déjà tous les yeux qui brillent et de grands sourires qui illuminent leurs visages en arrivant à la partie « Équipe » dirigeante :

– Responsable permaculture, apiculture, formation : Adyl
– Responsable bien-être et animation : Amélia
– Responsable des chantiers et de l'exploitation du moulin : Franck
– Responsable ferme pédagogique et accueil : Nathalie

Mode de gouvernance : citoyenne et solidaire où la parole de chaque responsable a un poids identique dans les décisions.

Les valeurs à porter : bienveillance, non-jugement, entraide, troc, partage et solidarité.

La priorité : être heureux dans ce que l'on fait.

— Je ne sais pas comment tu as su que faire partie de ce projet était secrètement un de mes rêves, mais merci ! Vraiment, merci ! dit Franck qui me prend dans ses bras.

— Ce projet ne peut se réaliser que grâce à toi, Franck, et ce sont les terres de ta famille, ta place est avec nous. Tu pourras continuer tes activités si tu le souhaites, mais je voulais que tu fasses partie des porteurs du projet et que ta parole soit entendue.

— Je ne sais pas quoi dire, Lili… C'est juste trop génial ! dit Adyl en se levant pour me faire aussi un câlin.

— Nos rêves vont enfin devenir réalité, Adyl ! Adieu les HLM, bonjour l'air pur de la plaine ! C'est toi qui as planté toutes ces graines dans mon cerveau… C'est normal que tu en récoltes les fruits. D'ailleurs, ton frère est le bienvenu dans l'aventure. À chacune de nos soirées, Yanis avait une petite lumière qui s'allumait dans ses yeux quand on parlait de ça…

— Surtout que l'on va avoir besoin de bras pour le projet AVEC investisseurs, annonce Amélia.

— Je n'ai pas encore exploré cette piste et je dois vous prévenir que la rentabilité du projet n'est pas économiquement intéressante pour des financeurs. Nous serons à l'équilibre et autonomes, mais pas assez « sexy » pour des investisseurs, je pense… Mais nous pourrons faire les choses au fil du temps, ça prendra juste quelques années.

— Tu oublies, petite sœur, que je dispose de la même somme que toi. Ce projet est juste fabuleux. On fonce !

— Et moi, je mets de l'argent de côté depuis pas mal de temps pour un projet identique aussi. Ce n'est pas énorme, mais pas question que je ne participe pas.

— Quant à moi, je dois t'annoncer que j'ai déjà récupéré plein de choses grâce à mon réseau professionnel. Je vais avoir des matériaux de fin de chantier, du bois, du carrelage, du parquet, du mobilier de salle de bains, etc. Je vais même récupérer des containers ! On pourra y stocker des choses ou les transformer en habitats. J'ai un ami aussi qui planche déjà sur la rénovation du moulin.

Ce coup-ci, c'est moi qui sens les larmes couler sur mes joues :

— Je voulais vous surprendre, mais on dirait que c'est l'arroseur arrosé ! Je ne sais pas comment vous remercier… On va être heureux et rendre heureux, ce n'est pas magique comme vie qui se dessine ? Je vous fais un câlin et on ouvre la bouteille de champagne pour trinquer à « La Bulle ».

Nous restons une grande partie de la nuit autour du feu, la tête sous les étoiles, à échanger nos idées, nos envies, nos façons de voir les choses... C'est notre première réunion de travail et elle commence bien : sous le signe du partage et de l'amour.

9

C'est toujours très étrange de ne pas trouver le sommeil à cause du silence. C'est fou comme nos oreilles s'habituent aux nuisances sonores des villes et comment ne rien entendre est angoissant ! La nuit a été courte, mais ouvrir les rideaux et voir tout autour de soi la magie de cet endroit donne une énergie immédiate.

— C'est tellement beau ! marmonne Amélia encore à moitié endormie.

— Tu imagines ? Bientôt, nous verrons cela tous les matins au réveil ! Et chaque matin, nous allons nous lever en pensant que nous allons passer une journée à nous faire plaisir en faisant des choses que l'on aime dans un endroit merveilleux…

— Et est-ce qu'il y a du café dans cet endroit merveilleux ?

— Non, pas encore. Mais Franck ne devrait pas tarder. Il doit passer pour nous déposer un thermos de potion magique et nous emmener au moulin, je ne l'ai toujours pas vu.

— Il est super gentil, Franck. Entre lui et toi, tu crois qu'il peut se passer quelque chose ?

— Très franchement, je ne crois pas. Nous pouvons discuter des heures et il est adorable, mais il ne se passe rien d'autre que de l'amitié. Tu as carte blanche, ma belle.

Elle rougit et bégaye :

— Pffffff… n'importe quoi ! Mais c'est quelqu'un de bien. Je me demande pourquoi il est célibataire.

— Comme si c'était anormal ! Nous sommes tous les quatre des gens bien et pourtant célibataires, les deux ne sont pas incompatibles. Aucune des femmes qu'il a rencontrées n'a accepté de vivre ici plus que le temps de vacances. Il a des petites histoires de temps en temps, mais désespère de trouver son âme sœur.

— C'est vrai... Adyl est un amour aussi. Tu crois qu'il a bien dormi, dehors ?

— J'espère qu'il ne s'est pas fait dévorer par le lapin, son bivouac est vide ! J'ai peut-être acheté le seul terrain de la planète dont l'espèce endémique est un lapinosaure dévoreur d'hommes !

— Ha ! ha ! ha ! Dans un terrier, un lapin géant cuisine peut-être actuellement du « Adyl à la moutarde » ! Sou pou de la viande, Sou dou Adyl ! Ha ! ha ! ha !

C'est le moment qu'Adyl choisit pour faire irruption dans le bus, nous faisant sursauter en criant.

— Eh bien, les filles ? Vous m'avez pris pour un lapin ou quoi ?

Nous explosons de rire et expliquons pourquoi à Adyl. Il s'est levé en même temps que le soleil et a exploré les environs. Il a des yeux d'enfant en racontant toutes les espèces d'arbres et de plantes qu'il a découvertes sur le terrain et a cueilli de quoi faire une salade de fleurs et de baies sauvages pour le déjeuner. Il nous en fait goûter certaines en nous expliquant les vertus médicinales de chacune, et c'est étonnement savoureux. Nous notons immédiatement cette activité dans le projet : faire découvrir tout ce que la nature nous offre généreusement et gratuitement et cueillir son repas.

Franck arrive enfin les bras remplis de brioches et de café tout chaud. Nous prenons un copieux petit-déjeuner dans un silence presque religieux. Il est des moments où les paroles sont inutiles tellement l'intensité de l'instant se suffit à elle-même. Nous sommes tous les quatre dans un état contemplatif devant le décor majestueux qui nous entoure.

Nous partons ensuite à la découverte du moulin en empruntant un petit chemin de terre que je n'avais pas remarqué, partant du bas de la propriété. Nous marchons une dizaine de minutes dans la forêt avant d'arriver dans une clairière. Le bruit du cours d'eau qui la traverse est assez fort, et sur sa rive se dessine une vieille bâtisse dont il ne reste que la moitié des murs. Des centaines de pierres appartenant à l'édifice jonchent le sol d'herbes hautes. Un canal creusé, contrôlé par ce qui ressemble à une petite écluse, amène l'eau à ce qu'il reste de l'énorme roue en bois.

À l'intérieur de la ruine, la meule en pierre et les rouages l'activant sont toujours là. Ils sont dans un mauvais état, mais rien d'irréparable. Les restes d'un ancien plafond l'ont protégé en partie. C'est l'étage, où devait être stocké le blé, qui est à reconstruire. Quelques vieux outils rouillés témoignent d'une activité assez ancienne sur les lieux. Nous avons l'impression d'avoir découvert un trésor et nous sommes émerveillés comme des enfants à chaque nouveau pas...

— Il y a du travail pour le remettre en état, mais il semblerait que toutes les pièces essentielles soient là. C'est trop génial, on va pouvoir fabriquer notre propre farine et même de l'électricité, dit Adyl.

— C'est émouvant de savoir que nous allons lui redonner vie, dit Franck. Je vous ai apporté une photo de mes grands-parents où on le voit en activité. Ça nous aidera pour sa restauration.

La photo est ancienne et l'image un peu floue, mais on reconnaît bien le bâtiment. Deux hommes et deux femmes en habits d'époque posent fièrement devant lui, des outils à la main. Ils sont exactement à l'endroit où nous nous trouvons. Une centaine d'années seulement nous séparent, et pourtant, cela semble si loin... Nous montons un petit muret avec quelques pierres pour y poser un téléphone et faisons la même photo avec les outils rouillés trouvés dans le moulin, non sans émotion.

— Franck ? Tu accepterais de me confier cette photo ? Je voudrais la faire retirer en plus grand pour le livret d'accueil et le site internet. Je te promets d'en prendre le plus grand soin.

— Avec grand plaisir ! Ça me rend tellement heureux…

— Tu sais si les habitants du village ont connu le moulin en activité ?

— Certains oui, quand ils étaient gamins. Pourquoi ?

— Pour avoir quelques histoires à partager sur ce lieu de vie avant qu'elles ne disparaissent à jamais. J'irai à leur rencontre à ma prochaine venue, pour leur présenter le projet et mesurer leurs besoins.

— Nous pourrions les inviter à un pot d'ouverture sur place. À quatre voitures, nous pouvons véhiculer ceux qui ont du mal à se déplacer. Qu'en penses-tu ? propose Adyl.

— C'est une excellente idée… Dès que nous serons tous définitivement réunis ici, nous ferons ça !

— Je vais les avertir de ta venue, Lili, sinon, certains ne t'ouvriront pas. Je vais te faire une petite liste aussi des besoins dont j'ai déjà connaissance. Et prévois du temps, parce qu'une fois qu'ils ouvrent leur porte, tu as du mal à repartir ! Et vas-y le ventre vide… Mes 10 kg de trop sont essentiellement dus à la visite de mes concitoyens.

— Je vois… Eh ben, au moins, je ne serai ni kidnappable ni une proie facile pour le lapinosaure !

— Ha ! Ha ! Ha ! Méfie-toi aussi des petites eaux-de-vie maison ! Elles sont bonnes, mais elles te ressuscitent un mort… Toi qui es ivre avec un panaché, tu vas carrément prendre feu !

— Si on croise un lapin en train de tituber, on saura ce qui t'est arrivé, ma sœur…

— Je vais finir obèse et alcoolique, et tu te soucies du lapin, toi ? Je te rappelle que nous étions deux à courir et que nous ne savions pas s'il s'agissait d'un sanglier, d'un dragon ou d'une souris ! *Fodes* !

Ce gros mot portugais qui me revient d'un coup la fait pouffer de rire. Je crois que je n'ai pas fini d'entendre parler de ce petit mammifère...

Les trois jours que nous passons sur la propriété sont délicieux. Nous découvrons chaque jour un morceau de la parcelle avec ses nouveaux trésors. Nous avons une variété d'arbres exceptionnellement riche, dont une châtaigneraie, une nouvelle source de revenus à moindre temps de travail. Des haies naturelles composées de ronces et de buissons délimitent parfaitement l'ensemble du terrain, ce qui signifie que nous pourrons laisser certains animaux de la ferme en liberté sans craindre pour leur vie, que ce soit à cause de la route ou des chasseurs.

En même temps que nous marchons au milieu de ces terres, nous peaufinons un peu plus le projet : gestion des priorités, rétroplanning, composition des équipes, organisation quotidienne, etc. Nous écrivons une charte décrivant les règles de vie ensemble qui sera signée par toute personne s'impliquant sur les lieux : bienveillance, non-jugement, respect et solidarité.

Nous décidons que les habitats destinés aux touristes ou aux personnes venant nous prêter main-forte seront de type Kerterre. Avec leurs formes arrondies, on dirait des maisons de lutins. À base de chanvre et d'un mélange de chaux et de sable, on peut les façonner selon notre imagination, et la nature ici est inspirante ! De nombreuses ouvertures en feront de petits nids douillets laissant passer la lumière et donnant l'impression de vivre dehors. Mehdi, le second frère d'Adyl, a justement suivi une formation il y a peu de temps. Chacune d'entre elles possèdera des toilettes sèches et des douches seront mises à disposition dans l'une des dépendances proches du mas.

Le bas de la maison sera destiné aux pièces de vie communes et aux différents ateliers, tandis que l'étage sera dédié à l'accueil des jeunes qui disposeront chacun d'une grande chambre avec salle de douche. La grange est l'endroit qui nécessite le moins de travaux et pourra être opérationnelle assez rapidement. Nous nous donnons un an pour être aux normes et accueillir des jeunes, deux ans pour proposer de l'écotourisme. La liste des choses à faire est interminable, y compris pour les tâches administratives. Aucun d'entre nous n'a pourtant l'impression d'avoir du travail, mais juste du plaisir à se lancer dans cette aventure…

Nous serons officiellement propriétaires dans trois semaines, date à laquelle nous signons chez le notaire. Adyl sera disponible une semaine après, le temps de terminer son préavis. Amélia, elle, pourra se libérer un peu plus tard. Nous nous répartissons les tâches en attendant, selon nos disponibilités et nos savoir-faire respectifs. Au moment du départ, le gros lapin qui nous avait terrorisées lors de notre arrivée repointe le bout de son museau…

— Regarde, Adyl la petite bête qui en a fait courir deux plus grosses !

— C'est lui le fameux Lapinosaure ?

— Oui ! Tu as vu comme il est gros et rapide ? Je n'ai jamais vu de lapins comme ça…

Franck, qui est venu nous dire au revoir, explose de rire…

— C'est peut-être parce que c'est un lièvre, Lili ?

10

C'est enfin le grand départ. J'ai finalisé les dernières démarches, préparé les derniers cartons… Les déménageurs viennent d'arriver et je prends la route ensuite avec Yanis, le frère d'Adyl. Il a une semaine de congés et a accepté de m'accompagner pour découvrir les lieux dont son frère lui a tant parlé et m'aider à choisir un chien. Il a un talent particulier avec les animaux, il parvient à communiquer avec certains… Je suis toujours fascinée par les histoires qu'il nous raconte.

Je regarde une dernière fois cette barre d'immeuble, avec ses tags et ses emballages en tous genres jonchant le sol… une dernière fois la ville avec son flot incessant de voitures, de gens courant après un transport, un horaire à respecter… J'ai tellement hâte de retrouver La Bulle ! Aucune serrure ne fonctionne, mais j'ai enfin un énorme trousseau de clefs rouillées… Je ne sais pas quel âge elles ont, mais vu leur poids et leur taille, elles ne sont pas toutes jeunes et ont sûrement vécu beaucoup de choses. Je me demande quels fonds de poches elles ont bien pu visiter…

— Merci, Yanis, de venir avec moi cette semaine. Tu vas voir, c'est un endroit magique…

— Oui, Adyl ne parle que de ça. J'ai hâte de découvrir tout ça ! C'est un projet tellement génial !

— Tu sais que tu y es le bienvenu ! Nous avons besoin de quelqu'un avec tes compétences et cette même philosophie de vie…

— Je sais bien ! Je ne pense qu'à ça depuis plusieurs semaines. C'est une vie idéale, pour moi et pour les jumeaux… mais avec la garde alternée, ça ne va pas être possible de me délocaliser aussi loin !

— Ce n'est qu'une proposition, prends le temps d'y réfléchir. Tu viens nous rejoindre quand tu veux, quand tu peux. La porte t'est grande ouverte. De toute façon, aucune serrure ne fonctionne… Mais peut-être qu'un jour, ton ex-femme sera partante pour une vie plus au vert, qui sait ?

— Sincèrement, je n'en sais rien. Nous avions évoqué cette possibilité lorsque nous étions encore ensemble, mais aujourd'hui, nos conversations sont plus orientées vers les enfants…

— Il n'y a aucune urgence. Pour le moment, nous devons juste essayer d'arriver ce soir, car nous avons deux rendez-vous importants demain. Accueillir deux entreprises pour des travaux qui commencent à l'aube et aller à la SPA chercher un compagnon à quatre pattes !

— C'est quels types de travaux qui commencent demain ?

— Il y a une entreprise qui vient installer des panneaux photovoltaïques sur le toit du mas et de la grange. L'autre vient contrôler le système d'alimentation en eau depuis une source qui se trouve sur le terrain, installer des gouttières, une cuve et des systèmes de récupération d'eau de pluie et creuser la piscine biologique et une mare. Nous voulons être les plus autonomes possibles.

— C'est un projet pharaonique !

— Pas tant que ça… Les murs et la toiture du mas sont étonnamment en bon état. C'est sur le reste qu'il y a un peu de boulot ! Restaurer prend plus de temps que de changer, mais quand tu verras, tu comprendras pourquoi cela en vaut la peine… À l'étage, il faut redistribuer toutes les pièces et tout créer, ajouter une sortie de secours… mettre tout aux normes…

Mais on a un an pour faire tout ça, et puis nous sommes nombreux !

— Vous avez réussi à embarquer mon grand frère Mehdi avec vous ?

— Il a suivi cette formation de Kerterre pour un projet d'écotourisme aussi, donc oui, ça lui plaît. Mais il a le même problème que toi avec la garde alternée. Son contrat de travail se termine dans quelques mois, il viendra donc nous rejoindre une semaine sur deux pour nous donner un coup de main et nous former sur cette technique de construction. Ensuite, c'est comme pour toi… la porte est ouverte. Et qui sait ? Si le concept fonctionne, vous pourrez reproduire la même chose dans votre coin !

— J'espère pouvoir rentrer en contact avec le « lapinosaure » pour le convaincre de nous laisser en vie, dit-il d'un ton taquin.

— Ah oui ! Donc en fait, la planète entière est au courant, si je comprends bien ? Ma carrière de fermière est finie avant même d'avoir débuté ?

Il rigole…

— Ceci dit, Yanis, j'aimerais bien que tu lui parles à ce lièvre, si tu peux. Vu sa taille, il est là depuis un moment et on va faire un peu de bruit et envahir son territoire. Si tu peux lui dire qu'il est chez lui et qu'il peut rester, je prends…

— Ça va être une première. Pour le moment, je ne parviens à me connecter qu'à des chiens.

— Si un jour on m'avait dit que j'aurais ce genre de conversation, je ne l'aurais jamais cru ! Tu as fait quoi de beau aujourd'hui ? Rien de spécial… à part demander à un ami de parler à un lapin pour qu'il ne soit pas effrayé par notre présence, mais pas sûre qu'il y parvienne, il ne parle qu'aux toutous !

— Ha ! ha ! ha ! C'est clair ! Nous sommes bons pour les services psychiatriques version VIP : chambre capitonnée, joli pyjama cache-cœur avec les manches qui s'attachent dans le dos et petite piqûre toutes les heures !

Une grande partie du trajet se fera dans cette ambiance détendue et drôle. L'autre est plus orientée sur nos philosophies de vie et une analyse des dysfonctionnements de notre société, des failles du système. Nous arrivons de nuit, mais la lune éclaire suffisamment pour que Yanis devine la splendeur de l'endroit.

Comme lors de la première nuit passée ici, celle-ci a été courte. Il a fallu à nouveau que mon cerveau se réhabitue au silence. Mais chaque réveil dans cet endroit est un enchantement ! Je suis debout à 6 h 30 et Yanis dort encore lorsque je me prépare à descendre. Ses pieds sortent du canapé et ses deux mains tiennent fermement la couette de chaque côté de ses oreilles. Je souris en imaginant que c'est en communiquant avec une loutre cette nuit qu'il a adopté cette position pour dormir.

La luminosité à cette heure-ci donne une ambiance très particulière au lieu et le petit concerto privé des oiseaux me fait me sentir privilégiée. Il est primordial que l'activité que nous allons développer ici ne perturbe pas l'existant. Je profite de ce moment pour noter de faire préparer des pancartes en bois à afficher un peu partout sur la propriété avec des gravures d'animaux et un texte court : « Nous sommes ici chez eux ». Beaucoup trop d'humains ont oublié que nous partagions des terres et des ressources… Comme un signe tacite de cohabitation, des sangliers traversent la propriété à quelques mètres de moi, sans me prêter d'autre attention qu'un regard étonné.

L'état contemplatif dans lequel cet endroit fait plonger arrête le temps. Cela fait presque une heure que je suis dans un état de béatitude absolue lorsque les premiers camions arrivent. Et comme pour m'informer de leur mécontentement pour cette nuisance sonore, deux fientes d'oiseaux tombent à quelques centimètres à peine de mes pieds. Premier avertissement !

Après un rapide café avec les équipes et un dernier débriefing, chacun se dirige vers son poste de travail. Il faut attendre le démarrage de la pelleteuse pour sortir Yanis des bras de Morphée. En découvrant les lieux, aucun mot ne sort de sa bouche. Je vois juste ses yeux scanner chaque chose à voir avec un grand sourire.

— Bien dormi, Yanis ?

— Un peu de mal à m'endormir hier soir, mais sinon, j'ai dormi comme un loir !

— Je ne sais pas d'où vient cette expression, mais j'ai dormi une fois dans une cabane avec des loirs sur le toit et je n'ai pas fermé l'œil de la nuit ! Ils ont fait rouler des noisettes ou des glands, couraient dans tous les sens, j'ai cru qu'ils jouaient au bowling juste au-dessus de ma tête ! Les loirs font tout sauf dormir la nuit ! Ils déménagent, changent les meubles de place... Mais c'est tellement adorable comme animal...

— C'est comme l'expression dormir comme un bébé ! C'est adorable aussi, mais pour en avoir eu deux, je peux te dire que les mots « bébé » et « dormir » vont aussi bien ensemble que « ski alpin » et « désert de Gobi » ! Au fait, pour le lièvre, c'est bon !

— Ah oui ? Genre vous avez papoté ?

— Oui, elle était rassurée et va expliquer ça aux autres animaux...

— C'est une dame, donc ? J'ai beau croire en tout ça, ça me semble néanmoins toujours aussi fou ! Mettons-nous d'accord sur le fait que ce qui se passe à La Bulle reste à La Bulle pour ne pas finir lobotomisés ! On fait le tour de la propriété quand tu es prêt et on file taper la discute avec les chiens de la SPA ? Je voudrais sortir celui qui a le moins de chance de se faire adopter parce qu'il est vieux ou moche ou les deux, mais qui reste sociable. Ce soir, nous dînons chez Franck, pour que tu fasses connaissance et que nous organisions la rencontre avec les habitants à partir de demain.

— Je ne vais jamais pouvoir repartir d'ici. J'imagine tellement mes enfants en train de gambader partout, de construire des cabanes, de s'inventer des histoires et de s'occuper des animaux quand il y en aura... Ce qui est certain, c'est que nous serons là aux prochaines vacances !

Nous continuons à discuter tout en visitant les lieux, puis nous laissons les artisans œuvrer et prenons la route pour un trajet d'environ une heure en direction du refuge de la SPA.

11

Je sais d'avance que la visite de cet endroit va être une épreuve pour moi, et effectivement, lorsque nous descendons de la voiture, entendre les chiens pleurer et aboyer me fend le cœur. La grille franchie, nous découvrons derrière le bureau d'accueil plusieurs allées immenses de boxes. L'hôtesse qui nous reçoit est assez froide. Sa bouche dit « bonjour », mais ses yeux et la pointe de suspicion dans sa voix disent : « Je ne fais confiance à aucun être humain. Partez ! » J'imagine qu'elle a dû voir beaucoup de choses très difficiles dans cet endroit pour dégager cela…

Pour trouver le chien qui nous convient, elle nous conseille de nous promener dans les allées et de lire les fiches qui sont sur les portes et qui retracent brièvement l'histoire connue de chaque animal. Cela n'a rien d'une promenade que de les découvrir deux par cage, essayant d'attirer notre attention ou, au contraire, essayant de nous fuir autant que l'espace dont ils disposent le leur permet… J'ai dans mon sac plusieurs sachets de friandises que j'ai prévues pour l'occasion et que je distribue avec générosité, ainsi que quelques caresses à travers le grillage lorsqu'ils acceptent le contact. Ils ont tous des histoires assez tristes : maître décédé, abandonné à la grille du refuge, perdu et jamais réclamé, etc.

Je ne suis pas certaine d'avoir le courage de soutenir tous ces regards suppliants et de n'en choisir qu'un ! Gandhi disait : « On reconnaît le degré d'une civilisation d'un peuple à la manière dont il traite ses animaux. » Quand je vois le nombre de chiens abandonnés ici, je me dis que notre monde est bien mal parti… Je ferai graver cette phrase sur la grange, pour sensibiliser les visiteurs.

Je croise une jeune bénévole sortant d'un des boxes et lui explique mon souhait de vouloir donner un foyer au chien qui aura le moins de chance de se faire adopter. Elle me questionne sur l'endroit où le chien devra vivre et, en découvrant le projet de La Bulle, me dit sans aucune hésitation :

— Marley ! Suivez-moi.

Yanis est loin déjà dans les allées et je suis cette jeune fille qui me raconte la vie de ce chien qu'elle souhaite aider :

— Marley, c'est mon chouchou ! Il a eu une vie bien malheureuse alors que c'est un amour ! Il a servi de chien de combat et il est arrivé une première fois ici bien amoché. Et même s'il n'a pas une once de méchanceté, ce passé et ses cicatrices font peur aux adoptants. Il est resté au refuge deux ans avant qu'un jeune couple s'intéresse à lui. Mais une association de lutte contre la maltraitance animale nous l'a ramené un an après. Marley vivait attaché dans une cour au milieu de ses excréments et dormait dans un bidon en plastique. Il était sous-alimenté, rempli de vers et avec un collier trop petit pour son cou qui lui coupait les chairs. Nous n'étions pas sûrs de pouvoir le sauver, mais c'est un battant. Malgré tout ce qu'il a vécu, il reste affectueux et confiant envers les hommes. Nous l'avons placé en famille d'accueil pour qu'il se remette physiquement et psychologiquement, mais la dame qui s'occupait de lui est décédée. Il n'a que 6 ans, mais je crois qu'il se laisse mourir…

J'ai la gorge nouée en écoutant ce récit et, sans l'avoir encore vu, j'ai envie de partager la quiétude de La Bulle avec ce chien.

— Quelle vie de misère pour ce pauvre chien… Je suis bouleversée ! Est-ce qu'il faut des autorisations spéciales pour un chien de son espèce ?

— Il y a quelques démarches, effectivement, car c'est un chien de deuxième catégorie, mais nous accompagnons les adoptants, ne vous inquiétez pas. En revanche, en cas d'adoption, nos bénévoles viendront régulièrement contrôler sur place que tout va bien pour lui. Il n'y a pas d'autre échec possible pour ce chien !

— Je comprends parfaitement ! Ça me semble complètement légitime comme demande… Vous serez les bienvenus quand bon vous semblera et autant de fois que vous le souhaiterez.

Elle s'arrête devant un box assez isolé des autres.

— Voici Marley…

Ce magnifique rottweiler est allongé dans un coin de sa cage, sans réactions. Il est couvert de cicatrices, dont une énorme faisant le tour de son cou. Son regard dégage une tristesse indescriptible. Il se lève péniblement lorsque la jeune fille l'appelle et vient vers nous d'une démarche sans enthousiasme. Il refuse mes friandises, mais se laisse caresser sans que cela semble lui apporter le moindre réconfort.

— C'est un concentré d'amour, de gentillesse et d'intelligence, ce chien. Ça me rend malade de le voir dans cet état… La Bulle serait un endroit idéal pour lui, mais vous avez déjà eu des chiens auparavant ?

— J'ai toujours grandi avec des chiens, oui. Et Yanis, le jeune homme qui m'accompagne, est spécialisé en éducation canine et en communication animale. Il est venu avec moi exprès pour…

— Lili ? J'ai trouvé celui que tu cherches ! Tu veux bien venir, s'il te plaît ?

— Eh bien, justement, je vous présente Yanis. Yanis, voici Marley, la mascotte de La Bulle, et ?

— Marion !

— Et Marion qui vient de me raconter l'histoire tellement triste de ce chien. Je serais très heureuse de pouvoir lui offrir la belle vie qu'il mérite.

Je fais un rapide débriefing à Yanis sur les mésaventures de Marley qui, tout en m'écoutant, parvient à lui faire accepter quelques friandises sous l'œil ébahi de la jeune fille.

— Ça alors ! C'est la première fois qu'il accepte de manger quelque chose depuis plusieurs jours. La vétérinaire doit le voir demain pour cela, justement... s'étonne Marion.

— Marley est parfait ! Il est d'une douceur incroyable et a effectivement un besoin urgent de sortir d'ici. Mais j'ai vraiment envie de te montrer un autre chien, Lili. Ton choix est arrêté sur Marley ou tu acceptes de voir une autre urgence ?

— Je ne repars pas sans Marley, c'est une certitude. Mais je pense que nos 40 hectares nous permettent d'accueillir deux chiens s'ils s'entendent bien. Qu'en penses-tu ?

— Je pense que c'est une excellente décision. Un compagnon de jeu est exactement ce qu'il leur faut à chacun... Viens, je te montre notre seconde mascotte.

Marion nous suit jusqu'au box de Pipeau, un berger allemand de 7 ans, qui ne fait que tourner en rond dans sa cage sans marquer le moindre intérêt pour nous. Je lance un regard interrogateur à Yanis.

— Je sais, il a l'air fou comme ça, mais c'est juste parce qu'il a besoin de sortir d'ici de toute urgence ! C'est la cage qui le met dans cet état...

— Nous ne connaissons pas son histoire, dit Marion. C'est un chien errant ramassé par les services de la fourrière il y a plusieurs mois. Il se comporte ainsi depuis son arrivée et il est impossible de le promener en laisse. La vétérinaire parle d'un trouble du comportement irréversible et ses jours sont comptés.

— Lili, fais-moi confiance, ce chien est un amour. Il sera parfait à La Bulle. Il a servi de cobaye dans un laboratoire et a vécu des choses assez horribles. Il ne supporte pas la cage pour cette raison et n'a qu'une obsession : s'éloigner de tout ce qui porte des barreaux et du grillage ainsi que des pleurs de ses congénères. Avez-vous déjà testé son comportement en dehors de cet endroit, Marion ?

— Non. Il tire trop pour que nous le promenions à l'extérieur... Mais comment savez-vous cela ? C'est lui qui vous l'a dit ?

— Oui !

Oups ! Nous sommes grillés et bons pour la camisole. J'ai peur que l'on ne veuille pas nous confier ne serait-ce qu'une fourmi !

— Bien ! Dans ce cas, faisons un essai et sortons-le d'ici pour une promenade... Vous vous sentez de le tenir ? Parce qu'il va vous faire voler ! répond Marion, à mon grand soulagement.

— Il sait que je vais le sortir d'ici, il va se comporter comme il faut, ne vous inquiétez pas...

À peine sa phrase terminée, Pipeau arrête de tourner en rond et vient s'asseoir derrière la porte.

Je croise le regard de Marion, autant rempli de surprise que le mien.

— Marion ? Pouvons-nous promener Marley en même temps pour voir comment ces deux chiens s'entendent, s'il vous plaît ?

Je crois qu'à ce moment précis, j'aurais pu lui demander n'importe quoi tellement elle est fascinée par ce qu'il se passe. Yanis rentre dans la cage et sort Pipeau en laisse qui le suit en marchant à ses pieds. Je n'ose pas m'approcher de lui, de peur de rompre le lien de confiance qu'il a noué avec Yanis. Je le laisserai venir vers moi lorsqu'il sera prêt.

Tandis que nous marchons vers l'enclos de Marley, Marion le questionne :

— Accepteriez-vous que je vous confie quelques photos de chiens dont nous ne comprenons pas le comportement ou dont nous ignorons le passé pour les aider ?

— Je n'ai jamais essayé de faire ça sur photo, mais je pense que cela peut fonctionner. Ce serait avec plaisir, en tout cas.

Marley se laisse attacher, toujours sans joie, et nous suit tristement à l'extérieur du refuge, sans aucun intérêt pour nous ou Pipeau. Nous marchons un petit moment avant de nous asseoir tous les trois dans une clairière et de voir un miracle se produire sous nos yeux : Pipeau vient vers moi en remuant la queue et me couvre de léchouilles tandis que Marley engloutit toutes les friandises que Yanis lui propose.

Nous restons plus d'une heure à discuter ainsi. Marion est douce, empathique et sensible en plus d'être mignonne. Je ne communique peut-être pas avec les lapins, mais je sens quelque chose de spécial entre elle et Yanis. Elle est également éducatrice spécialisée et bientôt en fin de contrat. Je l'invite à venir découvrir La Bulle pour nous donner son avis de professionnelle sur l'organisation et les activités que nous envisageons de mettre en place et lui parle du recrutement que nous lancerons dans un an. Les chiens se sont couchés de chaque côté de Yanis et dorment la tête posée sur ses jambes. Je pense qu'il n'est pas près de repartir...

Après de longues discussions pour convaincre les responsables du centre de nous confier leurs deux chiens les moins adoptables et moult formalités administratives, ainsi que quelques achats de première nécessité pour les chiens, nous reprenons la route. Calmes et détendus, ils s'assoient à l'arrière de la voiture. Leur métamorphose est saisissante. Je préviens

Franck que le dîner se fera à la maison, pour laisser aux chiens le temps de s'adapter à leur nouvel environnement. Sur le trajet, nous entendons à la radio la chanson *Songs of Freedom* de Bob Marley. Avec son accord, Pipeau s'appellera désormais Bob !

Les artisans sont déjà partis lorsque nous rentrons à la maison. C'est dans le calme que nous faisons découvrir les lieux à nos nouveaux compagnons que nous avons équipés de harnais pour ne pas traumatiser Marley. Après un tour dans la propriété, nous leur montrons le bus où je leur installe d'énormes coussins moelleux et des gamelles de nourriture et d'eau. Mais ils sont trop occupés à renifler et regarder partout pour manger. Ils ne nous quittent pas des yeux et sont toujours à nos pieds, comme s'ils avaient peur que nous les laissions à nouveau…

— Ils vont faire ça pendant quelques jours, Lili, c'est normal. Il va leur falloir un peu de temps pour être définitivement en confiance.

— Je souhaiterais qu'ils puissent vivre ici en liberté, sans crainte qu'ils ne se sauvent. Et puis qu'ils répondent à l'appel. Tu crois que c'est possible que tu leur apprennes ça en 5 jours ?

— Sans aucun problème ! Le travail a déjà commencé…

12

Aujourd'hui, je pars à la rencontre des habitants pour me présenter et leur expliquer le projet que nous montons sur leur commune. La veille, Franck m'a fait un petit débriefing sur chacune des personnes que je vais rencontrer. Visiblement, mon projet intrigue et je suis attendue de pied ferme.

Heureusement, je suis super en forme ce matin. La nuit a été réparatrice malgré la présence des deux énormes chiens sur mon lit... Ils ont sagement attendu que je m'endorme pour quitter leurs coussins et me rejoindre sur la pointe des pattes. Traumatisés, peut-être, mais malins, sans aucun doute ! Ils restent avec Yanis, qui a entrepris de leur faire faire le tour complet de la propriété pour leur montrer les limites qu'ils ne peuvent pas franchir, tandis que j'emprunte le raccourci qui mène au village.

La première personne que je rencontre est Lucette, une veuve de 85 ans. Je n'ai pas le temps de frapper à la porte que celle-ci s'ouvre déjà :

— Vous êtes en retard ! me dit-elle d'un ton assez sec.

— Bonjour... Heu... Je suis désolée, je ne savais pas que Franck vous avait donné des horaires...

— Il n'a rien dit à part que vous commenceriez par moi, et comme il est déjà 8 h 30, je pensais que vous ne viendriez plus !

Ça commence bien ! Si elle savait que c'est l'aube pour moi, déjà, cet horaire ! De mémoire, Lucette aime beaucoup les animaux :

— J'ai dû gérer quelques détails ce matin. Nous avons adopté deux chiens à la SPA hier, et...

Son regard s'illumine et elle ne me laisse pas terminer ma phrase :

— Hoooo ! Je pourrai venir les voir ? Allez-y, rentrez... J'ai fait du café et une tarte aux pommes. Vous allez me raconter l'histoire de ces toutous et me montrer une photo.

La propreté des lieux laisse un peu à désirer, mais je comprends assez vite que sa priorité est ailleurs. Il y a chez Lucette des chats, des oiseaux, des lapins, une tortue. Ce n'est pas une maison, mais l'arche de Noé. C'est la guérisseuse pour animaux du village. Les gens lui déposent leurs compagnons lorsqu'ils sont malades ou qu'ils en trouvent des blessés. Avec des remèdes de grand-mère qu'elle tient de sa famille de génération en génération, elle les soigne avant de les rendre à leurs propriétaires ou de les remettre en liberté. Son café est un véritable tord-boyau, mais sa conversation est passionnante. Elle a une grande connaissance des plantes et de leurs vertus thérapeutiques et en fait pousser plus d'une cinquantaine dans son jardin.

— Bien sûr, beaucoup sont interdites. C'est stupide, car certaines pourraient ressusciter un mort ! Mais bon, à mon âge, ils n'oseront pas me mettre en prison, tout de même !

Elle est rigolote et touchante, Lucette, une fois qu'elle a digéré mon impardonnable retard. Elle trouve notre projet fantastique, surtout la ferme pédagogique avec des animaux sauvés par des associations. Elle aimerait bien rencontrer Adyl aussi, qui prévoit des herbes médicinales dans son potager.

Elle n'a aucun besoin particulier : les médicaments, c'est seulement pour les gens malades, et elle, elle veille à ne pas l'être grâce aux plantes. Quant aux médecins, elle n'y met jamais les pieds : « Tous des charlatans qui soignent les symptômes sans se servir de leur ciboulot pour comprendre d'où ça vient ! C'est bien la peine de faire autant d'études, tiens ! »

Je lui demande si elle accepterait de venir à La Bulle pour nous conseiller sur les installations à prévoir dans la grange pour accueillir des poules, des cochons et un cheval dans un premier temps.

— Ah ben pour sûr que je vais venir ! Je vais vous préparer une petite mixture que vous mélangerez à l'alimentation de vos poules quand vous les aurez, vous verrez les beaux œufs qu'elles vont vous faire ! Et puis surtout, le meilleur remède quelle que soit l'espèce, c'est l'amour ! Y a pas d'autre secret !

Lorsque je lui propose de l'accompagner en voiture jusqu'à La Bulle, la réponse est sans appel :

— Ben, pourquoi crois-tu que le bon Dieu ait fait des jambes, jeune fille ? C'est pour s'en servir ! Et tant que les miennes me portent, je ne monte pas dans vos boîtes en fer.

Sa spontanéité et sa façon de dire les choses me font beaucoup rire. Il est difficile de partir... Dès que je fais une tentative, elle me ressert de la tarte et du coulis de café. Je parviens à m'extraire de l'arche après 2 h en sa compagnie et me dirige vers la maison de Gaston. J'ai le ventre détendu par les tonnes de pommes qu'elle m'a fait engloutir et des palpitations à cause des litres de potion caféinée qu'elle m'a servie, mais je suis ravie par cette belle rencontre authentique.

Sur l'ensemble de la journée, je rencontre au total six habitants. Gaston est un ancien forgeron. Un homme de 87 ans plutôt réservé, mais passionné par la nature et par son ancien métier. Lucienne est la doyenne du village avec ses 95 ans. Toujours très alerte, c'est une ancienne institutrice qui raconte la vie d'antan avec humour. Jeanine, 80 ans, une ancienne agricultrice « à l'ancienne », 100 % bio, juste en observant et en comprenant la nature. Jean, un petit jeune de 70 ans et ancien boulanger du village qui explose de joie en apprenant la restauration du moulin et qui se propose de nous apprendre à faire du « vrai pain à l'ancienne, pas cette saloperie qu'on vous vend dans les supermarchés ». Je termine avec Simone, 71 ans, magnétiseuse et médium qui vit un peu en retrait du village pour une question « d'énergies et de discrétion pour ceux qui viennent la consulter ». Elle m'offre un tirage de cartes et le tarot de Marseille m'annonce de la réussite dans ce projet et la rencontre de l'amour de ma vie.

Je ne prête pas trop attention à tout ce qu'elle me dit, car lorsque j'arrive chez elle, je n'ai plus tout à fait ma capacité de concentration habituelle. J'ai avalé un cake aux fruits, du fromage maison, un clafoutis, une demi-boule de pain « à l'ancienne » et goûté un petit vin cuit « dont vous me direz des nouvelles », un petit vin rouge « dont vous me direz des nouvelles » et des cerises à l'eau-de-vie « dont vous me direz des nouvelles ».

J'ai quand même réussi à noter que les besoins de ces gens étaient essentiellement de sortir de l'isolement et quelques petites courses précises de temps à autre. Ils sont tous assez enthousiastes à l'idée de notre installation au moulin et, contrairement à ce que j'avais imaginé, plutôt contents à l'idée de partager du temps et des activités avec des jeunes en difficulté familiale. C'était une très belle journée, ponctuée de très belles rencontres.

Marcher jusqu'à la maison me fait le plus grand bien. Lucette a raison, ça fait du bien de se servir de ses jambes… surtout quand on a autant d'aliments et de liquides à évacuer de son corps !

En arrivant à la maison, Bob et Marley viennent me dire bonjour et me font une fête comme si on se connaissait depuis des années, c'est trop mignon.

— Coucou, Yanis ! Tu as passé une bonne journée ?

— Oui, c'était super ! On a fait une longue marche avec les chiens, pique-niqué en haut de la propriété… C'est immense ! Tu as vu, au fait ? Pas de laisse aux chiens !

— Ahhhh, mais ouiiiii ! C'est génial, çaaaa ! Bravoooo, mes amouuurs !

— Ça s'est bien passé de ton côté ? Tu as l'air bizarre…

— C'était très sympa et j'ai trop bu de « tu m'en diras des nouvelles » ! Si je fais le tour de tous les habitants du village, je peux dire adieu à mes pantalons et à mon foie ! Et au rythme où chaque rendez-vous se déroule, j'aurai fini de visiter la dernière maison dans une vingtaine d'années… Je crois que l'on va organiser une fête ici et inviter tout le monde, comme le préconisait Adyl.

— Ha ! ha ! ha ! J'ai bien vu que tu marchais bizarrement et que tu avais de tout petits yeux ! Tu n'as même pas remarqué ce que Franck nous a fait livrer ce matin !

Je regarde attentivement autour de moi, mais je ne vois pas de quoi il parle…

— De l'autre côté du mas, à côté de la future piscine, tu ne remarques pas des containers qui n'étaient pas là ce matin ? Il en ramène un quatrième demain et on pourra déplacer ceux-là si besoin. Tu nous diras où tu veux les mettre.

— Wouah ! Comment j'ai pu rater ça ?! Ils sont énooormes ! On peut rentrer dedans ? Je voudrais voir dans quel état ils sont.

— Oui, viens ! Tu sais ce que tu vas en faire ?

— Il y en a un que je transformerais bien en poulailler, donc pas trop loin de la maison pour y aller tous les jours et pas trop loin du futur verger et des ruches pour que ces dames puissent gober les frelons asiatiques et les vers qui pourraient attaquer les arbres fruitiers. Il faudra lui faire une tenue de camouflage pour que cela soit esthétique. Le second ira près de la zone de maraîchage pour ranger les outils et sera camouflé par une serre en verre. Le troisième, je vais demander à Adyl s'il veut le transformer en habitat, sinon, nous le mettrons à proximité du moulin pour stocker des matériaux. Et le dernier, je vais en faire une cuisine d'été guinguette, là où il est posé.

— Une quoi ?

— Comme une paillote de bord de mer, mais ici, entre les deux châtaigniers ! Dedans, on se fera une cuisine d'été, avec une grande ouverture sur le devant. Dehors, on mettra plein de chaises, de tables, des parasols, de la musique, des lampions… Un endroit sympathique pour se détendre, papoter, boire un verre, troquer nos œufs ou ce que nous produirons contre ce qui nous manque, et profiter de cette vue idyllique. Et le soir, avec le feu de camp, faire des veillées avec les jeunes…

— On pourrait tous les peindre en kaki et les recouvrir de canisses sur lesquelles on pourrait faire pousser quelques grimpants, genre vigne, chèvrefeuille… Ils finiraient par se fondre de manière naturelle dans le paysage !

— Excellente idée, Yanis ! Demain, on commence par le poulailler… Franck m'a dit qu'il avait des palettes. On s'en servira pour aménager l'intérieur. Tu me rappelleras demain matin tout ce que je viens de te dire ? Je sens que ce n'est pas idiot, mais en même temps, je suis complètement pompette… Des litres de vodka-caramel attaquent moins qu'un dé à coudre, de ce que j'ai goûté aujourd'hui !

Il explose de rire et me raccompagne au bus. Je m'endors profondément pendant qu'il prépare le dîner, sur la douce musique des ronflements de Bob et Marley…

13

Cela fait deux mois que mon bus a posé ses pneus dans ce paradis, et même si j'ai l'impression que les choses avancent lentement, elles avancent... Adyl et Amélia sont définitivement installés à La Bulle tandis que Yanis et Medhi font régulièrement des allers-retours pour nous prêter main-forte. Marion est là souvent aussi pour passer du temps avec Bob et Marley, même si elle vient surtout quand Yanis est là...

Les habitants du village, ayant eu de bons retours de ma visite chez certains d'entre eux, passent régulièrement à l'improviste sur le terrain. Le bruit que nous étions sympathiques et accueillants a vite circulé et ils viennent de plus en plus nombreux voir qui sont ces étranges hippies qui ont trouvé de l'intérêt à leur village. La Guinguette est vite devenue une priorité dans nos travaux pour les recevoir confortablement. Nous offrons à boire sans tarifs, chacun donne ce qu'il veut, ce qu'il peut. Nous avons ainsi des bouteilles de soupe, des tartes, des bouquets de fleurs, des paquets de biscuits et même des outils dont ils ne se servent plus. Une sono passe un fond sonore de musiques anciennes et nous nous relayons pour leur tenir compagnie, animer des jeux, lire les titres du journal et parler du monde d'avant... Nous avons installé un tableau où chacun d'eux peut noter des besoins particuliers. Nous allons ainsi tantôt déplacer des choses lourdes, tondre une pelouse, faire quelques courses. Ils suivent avec grand intérêt les avancées de nos travaux et partagent de précieux conseils sur la terre, les vents, les techniques de rénovation... Un atelier tricot et crochet a même été lancé par les femmes du village pour équiper chaque chambre de couvertures en patchwork. Nous avons baptisé la Guinguette «Vous m'en direz des nouvelles» et l'ambiance y est douce et chaleureuse.

La grange et un container sont suffisamment rénovés pour que nous puissions accueillir les premiers animaux. Les poules que nous avons sauvées d'élevages intensifs sont arrivées depuis deux semaines et ont presque toutes été faire un séjour de remise en forme chez Lucette. Elles n'ont tellement jamais vu la lumière du jour ou marché sur un vrai sol qu'aucune ne voulait sortir du poulailler. C'est Alice, une habitante du village, qui a eu la bonne idée de nous donner une de ses poules pour qu'elle montre l'exemple aux autres. Bob fait son coq au milieu de ces dames qu'il surveille avec tendresse comme sa progéniture. Certaines sont arrivées trop abîmées et n'ont pas survécu malgré nos soins, mais on se console légèrement en se disant qu'elles seront au moins parties dans des conditions plus dignes. Les autres s'habituent doucement à cette nouvelle vie, même si beaucoup n'ont pas encore retrouvé leur plumage intégral. Et en remerciement, nous commençons à avoir des œufs que nous proposons en libre-service à la Guinguette pour ceux qui en ont besoin.

Aujourd'hui, beaucoup de monde s'est déplacé pour accueillir de nouveaux occupants de la grange. Grâce à Marion et une association, nous recevons aujourd'hui une truie et ses bébés, ainsi qu'une vache et son veau, sauvés de l'abattoir. Nous sommes en effervescence depuis deux jours pour préparer leur arrivée dans l'urgence. Une vraie chaîne de solidarité s'est mise en place dans le village… L'un connaissait quelqu'un qui connaissait quelqu'un qui pouvait nous fournir du fourrage naturel et bio, l'autre de quoi équiper les enclos, une autre encore nous prêter une bétaillère… Certains y sont allés de leurs conseils, d'autres ont mis la main à la pâte. Une petite fête de bienvenue est donc organisée cet après-midi et presque tout le monde est là. Un bal du 14 juillet aurait certainement mobilisé moins de monde que l'arrivée d'une vache et d'un cochon. Les animaux de la ferme qui reviennent sur leurs terres, c'est la vie qui reprend…

— Silence ! Silence ! J'entends un bruit de camion ! crie Lucette.

Effectivement, Adyl et Yanis arrivent avec les deux bétaillères. Les gens se lèvent pour aller dans leur direction, mais c'est sans compter sur Lucette qui veille au bien-être des animaux :

— Rasseyez-vous ! Vous allez les effrayer et elles ne vont pas vouloir sortir des camions ! Vous irez les voir un par un quand elles seront installées !

— Mais pour qui elle se prend, celle-là, toujours à donner des ordres ? chuchote Louise à sa voisine.

— Je suis vieille mais pas sourde ! Tu as déjà eu des animaux chez toi ? Non ! Tu n'as même pas réussi à garder Roger, alors laisse faire celles qui savent !

Eh bien ! Moi qui misais sur un endroit bienveillant en mode Bisounours, c'est plutôt ambiance Bronx un soir de distribution gratuite de drogues dures ! Louise est en pleurs et c'est Amélia qui vient la réconforter tandis que je fais discrètement un petit sermon à Lucette…

— Je sais que ce n'est pas gentil, mais déjà au certificat d'études, elle me tapait sur les nerfs avec ses grands airs ! se défend Lucette.

— Eh bien, je vois que vous n'êtes pas rancunière du tout ! Ne me dites pas que vous avez passé toute votre vie à vous détester à cause d'un truc insignifiant qui date du début du siècle ! Si ?

Elle fait la moue comme une petite fille que l'on dispute…

— Croyez-vous, Lucette, que la vie mérite que vous dépensiez l'une et l'autre autant d'énergie à vous détester pour de vieilles broutilles ? Pensez-vous vraiment que le chagrin de Louise suite au départ de son mari avec une petite jeunette de 65 ans n'est pas suffisant et qu'elle mérite de tels propos ? Je ne vous oblige pas à vous aimer, mais essayez au moins de vous respecter...

— Et pourquoi vous ne dites ça qu'à moi et pas à elle ? C'est elle qui a commencé !

— Je sais, Lucette, et je vais aller lui dire exactement la même chose ! Mais promettez-moi de faire des efforts... Vous êtes une belle personne et avez fait de grandes choses pour nous. Nous sommes tous extrêmement chanceux et reconnaissants de vous connaître. Ces paroles ne vous ressemblent pas.

Je fais signe à Amélia de venir remonter le moral à Lucette tandis que je vais tenir le même discours à Louise, qui ponctue chacune de mes phrases de petits « oui » de la tête. Ce sont les applaudissements à la fermeture de la grille de l'enclos qui mettent fin à ce drôle d'épisode. Les animaux ne sont étonnement pas terrorisés et découvrent l'endroit avec sérénité.

— C'est fou ça, c'est comme si elles savaient qu'elles étaient en sécurité, remarque Amélia.

— Elles le savent, répond Yanis avec un petit clin d'œil.

— Tu ne veux pas te connecter à Lucette et Louise, par hasard ? rigole Amélia.

— Non, ça, je ne sais pas faire... dit-il en souriant.

Marion vient se placer juste à côté de lui.

— Si tu le dis... plaisante Amélia en lui rendant son petit clin d'œil, laissant Yanis rouge carmin.

Après que chacun a pris le temps de bien observer nos nouveaux venus, nous proposons à ceux qui le souhaitent de noter sur un cahier des suggestions de noms pour chacun des animaux de la ferme en expliquant leur signification et pourquoi. Nous leur servons un apéritif et un buffet froid végétarien. En passant de table en table pour servir, j'ai droit à toujours la même remarque qui me fait sourire :

— C'est très bon, mais… il n'y a pas de viande ?

— Je ne pouvais pas accueillir nos nouveaux invités vache et cochon sauvés de l'abattoir avec de la charcuterie et du rôti, quand même !

— Oui, non, c'est sûr… Vu comme ça… mais c'est très bon quand même hein !

Une deuxième vague d'applaudissements annonce l'arrivée du maire. Franck va saluer chacun d'entre eux tout en lançant des œillades et des sourires régulièrement à Amélia.

Même si nous avons dû dîner tôt pour respecter le rythme des habitants et espérer qu'ils restent, nous passons une excellente soirée. Lucette et Louise se sont finalement parlé et ne se quittent pas d'une semelle. Gaston m'apprend fièrement la valse, d'autres chantent, dansent… Ce n'est pas *Flashdance* sur la piste, mais c'est un beau moment de vie. Le feu de camp réchauffe les plus frileux qui partagent leurs souvenirs de jeunesse ou de la guerre… Je pourrais les écouter des heures. Je prends des notes sans savoir ce que je vais en faire, mais j'ai ce besoin de consigner ces moments de vie drôles, tristes ou émouvants sur un support qui leur survivra.

Nous raccompagnons chez eux en voiture ceux qui le souhaitent au fur et à mesure de la soirée, mais des groupes de plus vaillants se forment pour rentrer à pied au village. À minuit, nous avons tout terminé et nous restons tous les sept à rigoler autour du feu de camp avec de la musique qui nous correspond un peu plus. Nous sommes un peu épuisés mais très heureux de ce moment privilégié.

Sur la chanson *The Power of Love* de Franky Goes to Hollywood, Franck invite Amélia à danser et Yanis le suit en prenant la main de Marion.

— Ça sent bon la terre… et l'amour, je trouve, me glisse Adyl.
— Ce sera bientôt notre tour, c'est Simone qui l'a dit !
— Tu devrais y croire… tous disent « ce que Simone annonce se réalise » !
— Adyl ! Je dors dans un bus, avec deux adorables molosses qui attendent depuis une heure devant la porte que j'aille me coucher. Je passe mes journées dans des fringues de chantier et me couche tous les soirs avec de la paille dans les cheveux… le tout dans un village dont seuls ses habitants en connaissent l'existence. Est-ce que tu crois que je réunis toutes les conditions pour croire Simone ?
— Ben, si un mec est assez con pour s'arrêter à ça… Et puis, c'est provisoire le bus et les travaux…
— La Bulle n'est quand même pas propice au tailleur Chanel et au chignon.
— Entre le look maçon obligatoire en ce moment et celui des hôtesses de l'air, il y a un juste milieu, non ?
— Il y avait longtemps qu'elles ne m'avaient pas énervée, tiens !
— Et puis tu ne cherches pas à te marier avec un commandant de bord, donc je lève mon verre à Simone et à l'amour. J'y crois pour deux, t'inquiète !

14

La vie en communauté se passe super bien. Il y a beaucoup de respect, de bienveillance et de communication. Nous campons un peu le temps des travaux, mais comme dit Gaston : « À la guerre comme à la guerre ! » Amélia et moi occupons le bus, Adyl et ses frères, lorsqu'ils sont là, habitent dans une roulotte que nous avons récupérée. Ce n'est pas comme ça que j'imaginais la guerre, mais je ne veux pas contrarier Gaston ! En même temps, il ne précise pas laquelle… Et peut-être y a-t-il eu une guerre hippie dont personne ne parle dans les livres d'histoire ?!

Aujourd'hui, nous venons de terminer notre première maison Kerterre. Elle ressemble vraiment à un champignon et on s'attend à en voir sortir des lutins. Entourée d'herbes hautes, elle se marie complètement à la nature. Quelques ouvertures en carreaux de verre coloré laissent passer une lumière qui donne un aspect féerique à l'intérieur. Une cheminée en forme de goutte d'eau tombant du toit et un évier directement moulé sur le mur viennent accentuer l'ambiance conte de fées. Il nous a fallu trois semaines pour arriver à ce résultat, mais pour une première, nous sommes assez fiers.

Les habitants du village sont assez étonnés de la découvrir. Ils sont d'abord sceptiques, mais en découvrant tout le confort et la décoration « bohémien chic » à l'intérieur, ils sont aussi fiers que s'ils en étaient les bâtisseurs.

Il est 20 h lorsque nous recevons un appel de Franck nous demandant si Carmen est avec nous. Elle a 77 ans et son état nous inquiète de plus en plus. Physiquement, ça va… C'est mentalement que ça se dégrade. Ses propos sont incohérents par moments et le médecin parle de sénilité. Elle est arrivée un jour à La Bulle complètement angoissée, car elle avait perdu son nid et qu'il fallait l'aider à le retrouver, car ses bébés allaient éclore. Je lui ai dit qu'il était sûrement chez elle et lui ai proposé de la raccompagner pour l'aider à le chercher. La conversation en chemin lui a fait oublier ce délire et en arrivant chez elle, tout était revenu à la normale.

Une autre fois, elle a appelé la gendarmerie pour porter plainte pour un vol de cotons-tiges. Comme elle leur avait déjà téléphoné la veille pour un vol de chaussons, ils ont contacté Franck. La famille de Carmen réfléchit à une place dans une maison de retraite, mais lorsqu'elle n'est pas en crise, c'est une femme pleine de joie, toujours de bonne humeur et plutôt active. L'option de la maintenir à domicile, dans son univers, est ce qui semble le mieux pour elle, surtout que pour le moment, elle ne met pas sa sécurité en jeu. Cet appel m'angoisse donc un peu !

— Elle est passée cet après-midi pour voir la maison, mais elle est repartie vers 17 h. Pourquoi ?

— Elle n'est pas chez elle et personne ne l'a vue. Elle ferme toujours ses volets à 19 h pile. C'est un peu l'horloge du village, Carmen, tu sais… Du coup, j'ai été appelé par sa voisine. Depuis qu'elle a perdu son nid, je garde un double de ses clefs à la mairie à la demande de ses enfants et la maison est vide. Visiblement, elle n'a pas dîné là non plus.

— Elle n'a pas des gens dans son entourage à qui elle aurait pu rendre visite ? Être invitée à manger ?

— J'ai déjà creusé cette piste, mais non. Il ne me restait plus que celle de La Bulle… Je ne sais pas quoi faire.

— Je pense que tu devrais déjà appeler ses enfants. Peut-être sont-ils passés pour la soirée ?

— Son fils habite à Dunkerque et sa fille à Lannion. Donc soit ils viennent plusieurs jours chez elle, soit ils préviennent les voisins et ferment les volets. Mais ils ne font pas un aller-retour pour un dîner.

— Appelle la gendarmerie pour demander qu'ils sillonnent les routes, et nous, nous allons refaire son trajet en mode battue pour voir si elle n'est pas tombée quelque part ou perdue. Elle était vêtue d'une robe légère et les nuits sont froides, il faut vite la retrouver. On se rejoint à la mairie.

Par chance, Medhi est avec nous cette semaine. Nous nous équipons de lampes et d'une trousse de premiers secours et partons tous les quatre, chacun espacé de quelques mètres, sur le chemin menant au village en avançant dans les sous-bois le longeant. Nous avons pris soin de vérifier avant de partir qu'elle n'était pas dans la Guinguette, ni dans le mas en travaux, ni dans le bus, ni dans la roulotte. Nous crions à tue-tête son prénom chacun notre tour et, à part des bruits d'animaux s'enfuyant ou d'oiseaux diurnes nous répondant, pas de Carmen.

Les gendarmes ne se déplacent pas pour une disparition aussi récente et ont conseillé à Franck de les tenir informés le lendemain pour lancer des recherches.

— Lili ? Qu'en penses-tu ? Je préviens ses enfants ?

— Oui. Je voulais éviter de les inquiéter alors qu'ils sont loin et qu'ils ne peuvent rien faire, mais si c'était ma maman, j'aimerais savoir ce qui arrive. Dis-leur que nous allons continuer les recherches toute la nuit s'il le faut... Ensuite, on va organiser des groupes. Il faut une voiture qui explore la route qui dessert le village. Si elle s'est perdue, elle n'est pas bien loin. Elle est vaillante, mais ce n'est pas non plus Carl Lewis ! Il faut deux personnes dans la voiture, une qui conduit doucement et l'autre qui regarde les bords de la route au cas où elle soit tombée ou endormie... Et il faudrait deux équipes piétonnes pour explorer un peu plus la propriété, mais nous ne sommes que…

— Bonsoir ! Je suis désolé de vous déranger. Je voulais juste savoir comment se rendre à La Bulle, s'il vous plaît.

L'homme a glissé sa tête à la porte de la mairie et nous sourit. Je ne sais pas ce qu'il nous veut, mais il ne tombe pas bien…

— C'est nous, mais nous sommes fermés pour le moment et avons une urgence à régler. C'est pour quoi ?

Le ton de ma voix doit être aussi doux à ses oreilles qu'une planche cloutée à des pieds nus pour un non-fakir.

— J'ai entendu parler de votre projet et je viens de Toulouse pour vous proposer un coup de main. Je repasserais bien demain, mais je ne sais pas où dormir.

— Je suis désolée pour l'accueil… Nous organisons une battue pour retrouver quelqu'un et c'est un peu stressant. Je vous indique le chemin et vous nous attendez là-bas, si vous voulez ? C'est tout ce que je peux faire pour le moment…

— Je peux aussi vous aider à chercher ! Deux yeux de plus, même s'ils voient moins bien de près, ça peut être utile. Sauf si vous cherchez quelque chose de tout petit, évidemment…

J'aime bien son humour, et malgré le stress, il me fait sourire…

— OK ! Cool ! Donc, Franck et Amélia, vous partez en voiture… Mehdi et Adyl, vous explorez la partie basse du chemin jusqu'au moulin, on ne sait jamais… Ce monsieur et moi, nous allons de l'autre côté. On reste connectés par téléphone en cas de nouveau. Ça vous convient ?

— Mais elle n'est peut-être pas sur la propriété, me dit Adyl.

— Je sais bien… mais il faut commencer quelque part. Franck, essaie de savoir auprès de ses enfants où elle avait l'habitude d'aller plus jeune, genre une maison d'enfance, un premier travail, la maison de son mari quand elle l'a rencontré… et essayez de vous y rendre en voiture. Dans ces périodes de crise, ce sont parfois de vieux souvenirs qui les guident.

— J'espère que non, parce qu'elle est originaire d'Espagne ! pouffe Franck.

Tandis que nous laissons Franck passer cet appel, nous prenons la route jusqu'au chemin, puis nous nous séparons et nous nous enfonçons dans le sous-bois.

L'homme qui m'accompagne s'appelle Raphaël et a mon âge. Il est plutôt grand, avec une carrure assez musclée, et même l'éclairage de la lampe torche lui donne un joli visage que mes préoccupations m'avaient empêchée de remarquer.

Entre deux « Caaaaarmeeeeen ? », il me raconte un peu son parcours. Commercial pour l'industrie, il a fait un burn-out et réfléchit à un changement total de vie. Il rêve de vivre dans une cabane au fond des bois, mais ne sait pas s'il est capable de franchir le pas. C'est en entendant parler de La Bulle qu'il a eu cette idée de venir tester cette nouvelle vie. Il est parti ce matin, sur un coup de tête, et sans penser à nous appeler avant. Il s'est arrêté plusieurs fois pour mettre ses idées au clair quant à cette décision un peu brutale, d'où son arrivée tardive…

— Je suis encore vraiment désolée pour la manière dont je vous ai répondu à votre arrivée. Caaaarmeeeeen ? Et je vous remercie de nous aider alors que vous n'avez même pas eu le temps de poser vos valises… Caaaarmeeeeen ?

— Je vous en prie. J'aurais aimé que l'on fasse pareil pour mes proches. Caaaarmeeeeen !

— On va bientôt arriver à la maison en Kerterre où vous allez dormir. Caaaarmeeeeen ? Vous vouliez être au milieu des bois, vous ne pouviez pas rêver mieux. Caaaaarmeeeeen ! Tenez, on l'aperçoit…

— Mais c'est génial… C'est vous qui avez fait ça ? C'est trop mignon. On se croirait dans un conte.

— Oui, on a adoré la construire et je trouve le résultat vraiment sympa. Allez-y, rentrez visiter et dites-moi si cela vous convient de dormir là. Je vais continuer à appeler Caaarmeeeen.

Il rentre et ressort aussitôt !

— Vous faites dans le réalisme, dites donc ! C'est une maison de conte de fées, effectivement. Il y a même la belle au bois dormant dedans. Mais vu son âge, je vous préviens, je ne l'embrasse pas pour la réveiller !

Tandis que nous la cherchons depuis 3 heures en l'imaginant gelée, apeurée, perdue ou inconsciente dans un fossé, Carmen est bien au chaud dans le lit en train de ronfler bruyamment.

Avec un immense soulagement, je préviens les autres de notre heureuse trouvaille et je réveille doucement Carmen pour la ramener chez elle.

— Vous devriez peut-être la laisser dormir ? chuchote Raphaël.

— Il vaut mieux qu'elle se réveille chez elle, sinon, demain matin, elle risque d'être désorientée et se perdre ailleurs. Franck va la raccompagner en voiture. Il faut juste qu'elle marche jusqu'au mas…

— Oui, c'est mieux… Et de toute façon, les sons qui sortent de sa bouche sont beaucoup trop éloignés du magnifique opéra qui porte son nom pour que je prenne plaisir à l'écouter toute la nuit !

J'aime décidément beaucoup son humour…

Carmen est complètement perdue à son réveil et tient des propos incohérents, mais elle me reconnaît et se laisse faire. Je retire ma veste et la couvre autant que possible avant de partir. Et tandis que nous marchons vers la maison, Raphaël retire la sienne et me la pose sur les épaules.

15

Je suis en train de mettre mes boucles d'oreille lorsque Raphaël tape à la porte du bus. Amélia dort encore et je me précipite dehors pour ne pas la réveiller.

— Bonjour... Je ne savais pas si vous dormiez encore, ni à quelle heure nous devions nous retrouver. Ça fait 10 minutes que je tourne autour du bus sans trop savoir quoi faire... C'est trop tôt ?

— Non, ça va, ne vous inquiétez pas... Comment s'est passée cette première nuit ? Bien dormi ?

— Ça faisait longtemps que je n'avais pas dormi aussi profondément. Mais ça faisait longtemps aussi que je n'avais pas dormi aussi peu. C'était sympa la veillée hier soir avec tout le monde.

— Oui, très... Il nous fallait au moins ça pour nous remettre de nos émotions ! Nous en faisons une tous les soirs, mais c'est vrai que celle d'hier, on l'a commencée à l'heure à laquelle on la termine habituellement. Ça vous dit un café ?

— Je tuerais pour un café !!!

— Et ça vous dit le tutoiement ? C'est ce que nous avons l'habitude de pratiquer, mais...

— Seulement si tu me fais un café !

— Cool ! Suis-moi, ça se passe dans la maison... L'étage est encore en travaux, mais le rez-de-chaussée est terminé.

— En tout cas, c'est magnifique ! Il n'y a pas de mots pour décrire cette vue...

— Je sais, ça fait 9 mois que je suis ici et je ne les ai toujours pas trouvés non plus. Les mots les plus intenses paraissent trop fades. Après le petit-déjeuner, je t'explique l'organisation et te fais visiter. Ça te va ?

— Oui, c'est parfait. Tu es sensible aux mots, j'aime bien. J'écris beaucoup, surtout des chansons... Tu aimes la musique ?

— Oui, il y en a presque tout le temps, d'ailleurs, ici. En journée, plutôt des musiques anciennes pour la Guinguette, mais à partir de 17/18 h, on change de registre. On commence à avoir un peu de monde en fin de journée, des gens des villages voisins qui viennent se détendre après le travail et prendre quelques légumes. Je vous montrerai tout ça tout à l'heure. Et depuis que je suis ici, j'essaie d'apprendre la guitare. J'arrive à faire quelques petits trucs simples, mais je galère un peu. Donc si tu entends des sons stridents, ce n'est pas le cri d'un animal blessé... C'est juste moi qui apprends une nouvelle partition.

— Ha ! ha ! ha ! C'est génial, j'en fais aussi. On pourra essayer de s'apprendre deux-trois choses, si tu veux.

— Si tu promets de ne pas me bâillonner comme le barde dans *Astérix* en écoutant mes productions, alors oui, avec grand plaisir ! C'est la menace de ma sœur à chaque fois qu'elle me voit la guitare à la main.

— Je t'aurais plutôt comparée à Falbala !

Zut, je me sens rougir, et comme souvent dans ces cas-là, je joue avec ma frange...

— Avec la voix de Bonnemine quand je chante, alors... Vas-y, rentre... À droite, tu as la grande pièce de vie où nous recevons les gens lorsque la météo n'est pas terrible. Derrière, il y a un salon avec billard, babyfoot, flipper électronique et rétroprojecteur. Une pièce de détente pour les jeunes que nous allons recevoir. Et à gauche, la grande cuisine qui donne sur un bureau que nous n'utilisons que rarement vu que nous faisons nos réunions partout ailleurs. Et au fond, la pièce des chats.

— Wouah... C'est super beau. C'est chaleureux, cosy, on se sent bien tout de suite... Mais c'est quoi une pièce à chats ?

— Nous allons bientôt accueillir, grâce à Marion, dont nous t'avons parlé hier soir, des chats de la SPA. Ils ont tous un handicap et ne seront certainement jamais adoptés. En plus de leur offrir une nouvelle vie, nous voulons montrer que l'on peut être heureux même avec des blessures et faire profiter tout le monde de la ronronthérapie. Beaucoup de personnes âgées n'osent pas prendre un animal de compagnie, de peur de ce qu'il pourrait lui arriver en cas de décès. Et les jeunes qui vont venir ici ont des blessures affectives très marquées. Ces chats vont apporter un peu d'amour et recevoir celui qu'il leur manque. Des sortes de pansements avec des poils !

— Et ils vont être enfermés toute la journée dans une pièce ? dit-il d'un air choqué.

— Ouiiiii, sans fenêtre, sans eau et sans nourriture...

— Ha ! ha ! ha ! J'ai dit une connerie ? C'est ça ?

— C'est ça ! Une chatière va être installée pour accéder à la cuisine et une autre donnera sur l'extérieur. Dans cette pièce, nous allons créer un parcours d'étagères qui mènera à des paniers, des cachettes, de la nourriture... Ce sera leur chambre, l'endroit où ils pourront être tranquilles la journée s'ils le souhaitent et en sécurité la nuit.

— Ah, oui... j'ai dit une connerie !

Son rire est communicatif, mais je sens que derrière cet humour et ce sourire se cachent des choses lourdes qu'il porte depuis longtemps. J'espère qu'il restera ici assez longtemps pour y déposer tout ça... Cet endroit est fait pour ça...

— La semaine, nous nous retrouvons ici tous les matins pour décider qui fait quoi et nous l'inscrivons sur le tableau qui est derrière toi. Nous exprimons nos préférences, selon notre état de fatigue, nos envies... Nous essayons de tourner sur plusieurs activités, pour que chacun connaisse le travail des autres et puisse prendre le relai si besoin. Et puis, ça évite la routine aussi... Le soir, nous débriefons autour d'un feu de camp sur les urgences, les difficultés rencontrées, les besoins matériels ou humains des jours à venir. C'est un peu « à la bonne franquette », mais ça marche plutôt bien.

— Vous vendez tout ce que vous produisez ?

— Non, nous faisons du troc. À la Guinguette, nous déposons tous les jours nos œufs et nos légumes, ainsi que la liste de nos besoins comme la farine, le café, le sucre, l'huile... Chacun donne ce qu'il veut, selon ses moyens. Pour le bar, c'est pareil.

— Comment faites-vous pour vivre si vous n'avez pas de revenus ?

— Et bien, nous travaillons à ne pas avoir de dépenses en allant vers l'autonomie. Nous produisons nos légumes, nos herbes aromatiques, médicinales et nos œufs pour le moment, mais très bientôt, nous allons récolter nos premiers pots de miel, quelques fruits rouges. Ensuite, il y aura des fruits grâce à notre immense verger, des champignons qu'Adyl fait pousser dans la forêt. Et enfin, lorsque notre moulin sera en état de marche, nous pourrons avoir de la farine, de l'huile et une autre source d'électricité.

— Mais tout cela a un coût !

— Nous avons financé le début avec des fonds propres. L'accueil des jeunes sera une première source de revenus, puisque les séjours seront facturés à l'ASE. Nous allons construire aussi d'autres maisons de lutins pour de l'écotourisme également, et enfin, lorsque les productions seront supérieures aux besoins des gens d'ici, nous vendrons le surplus en produits transformés, comme des confitures, des coulis, des sachets d'herbes séchées et mélangées. Nous allons proposer des ateliers de cuisine, de fabrication de savons, de maisons champignons, qui seront éventuellement payants. L'argent sera intégralement réinvesti dans La Bulle au fur et à mesure pour financer le reste des projets… Notre objectif n'est pas de devenir riches, juste d'être à l'équilibre et avec le plus d'autonomie possible.

— C'est fou… Tu viens de mettre les mots au modèle de fonctionnement idéal dont je rêve depuis des années. C'était juste trop flou. J'en ai rêvé, Lili l'a fait !

— Nous, pas Je ! C'est un travail communautaire où chacun est essentiel à l'autre. On partage nos savoir-faire ou nos savoir-être dans l'intérêt du groupe. Les jeunes vont se réparer et apporter un peu de vie au village, les personnes âgées vont sortir de leur solitude et partager leur sagesse. Tout le monde donne quelque chose et bénéficie d'une autre chose en retour. Moi toute seule ici, je suis aussi utile qu'un sénateur dans l'hémicycle : je parlerais sûrement beaucoup, mais ne ferais concrètement pas grand-chose.

— Ha ! ha ! ha ! J'adore l'image… C'est une belle solidarité en tout cas, je suis très heureux de pouvoir découvrir tout ça. Les gens qui viennent ici parviennent à en repartir ? Parce que ça sent bon l'amour… l'amour des gens, de la nature, de soi… Je comprends mieux le nom de l'endroit.

— Il est venu comme une évidence. Et non… personne n'est jamais reparti d'ici. Ceux qui ont essayé sont en train de sécher dans le grenier. Comme ça, tu es prévenu !

Nous explosons tous les deux de rire.

— Je vais fermer la porte de ma maison de lutin à double tour, creuser des douves autour avec des crocodiles dedans et installer un pont-levis, c'est plus prudent ! C'est de dormir que d'un œil qui sera le plus dur…

— Je serai obligée de jouer de la guitare sous tes fenêtres pour te faire sortir… pas séduit par les notes que je produirai, mais pour essayer de fuir ce supplice !

— Eh bien ! Ça rigole beaucoup ici... Vous êtes sûrs que c'est du café dans vos bols ? dit Amélia qui arrive en se frottant les yeux, encore un peu endormie.

— J'expliquais à Raphaël le fonctionnement des lieux et c'est un peu parti en vrille. Bien dormi, ma sœur ?

— Pas assez, comme vous, j'imagine ? Je crois que je vais noter « zombie » en activité du jour...

Elle s'arrête brusquement de parler en me dévisageant avec un air surpris. Je crois que mes efforts vestimentaires du jour ne lui ont pas échappé... Et avant qu'elle ne fasse une remarque sur le sujet, je m'empresse de prendre la parole :

— Si tu as terminé de manger, Raphaël, nous allons aller nous occuper des animaux et visiter la propriété.

— Vous produisez de la viande aussi ?

— Non, l'endroit est végétarien. Et quand tu vas lire l'histoire de ces animaux, tu comprendras pourquoi... Tu peux manger de la viande si tu le souhaites, bien sûr, mais tu l'achètes et la cuisines toi-même. Il n'y a aucun souci avec ça.

— Je l'ai été à un moment, mais j'ai arrêté pour plein de mauvaises raisons. Donc ça me va d'y revenir. On peut y aller...

Amélia me regarde toujours avec de grands yeux à la fois interrogateurs et rieurs lorsque nous quittons la maison.

16

Suivis de Bob et Marley, qui ont préféré la grasse matinée avec Amélia à mon réveil beaucoup trop matinal, nous nous dirigeons vers la dépendance où nous stockons les aliments des animaux. Pour le petit-déjeuner des poules, ce matin, ce sera des épluchures, du fromage, quelques céréales et de la potion magique de Lucette.

Dès l'ouverture de la porte du container, elles se précipitent toutes dehors en caquetant, sauf deux qui attendent à mes pieds leur câlin :

— Josette et Lucette ne vont nulle part tant qu'elles n'ont pas leurs caresses du matin. Elles restent à mes pieds jusqu'à ce qu'elles les obtiennent.

Je prends Josette dans mes bras, elle pose sa tête dans mon cou en faisant de drôles de gloussements et part en courant dès que je la repose par terre, et j'enchaîne le même rituel avec Lucette.

— C'est trop mignon. Je ne savais pas que c'était affectueux comme ça, une poule. C'est toi qui as choisi les prénoms ? Parce que si on a des enfants un jour, je te préviens, je ne te laisserai pas faire la même sélection !

Je rigole tout en me tripotant la frange...

— La première s'appelait Poulette. Ce sont les habitants qui avaient choisi ce nom. Du coup, toutes les autres ont eu un nom en « ette » : Mistinguette parce qu'il ne lui restait plus que des plumes autour du cou lorsqu'elle est arrivée ici, comme un boa. Pirouette, là-bas, qui tombait tout le temps parce qu'elle n'avait jamais gambadé de sa vie. La blanche, c'est Côtelette, car elle était maigre comme un clou. Josette et Lucette, ce sont les prénoms des deux mamies qui en ont pris soin quand on les a récupérées. Elles avaient besoin de soins intensifs. Il y a aussi Fluette, Fixette qui est obsédée par Marley, Houpette, Fumette qui a toujours l'air stone, Layette qui pond plus que les autres…

— Et elles reconnaissent leur prénom ?

— Pas toutes, mais beaucoup, oui. C'est assez surprenant… Et elles sont toutes assez affectueuses. Si tu t'assois par terre, elles vont toutes venir te voir pour des caresses, sauf Trouillette ! Tu pourras regarder après les panneaux à l'entrée de l'enclos, si tu veux. J'ai expliqué leur histoire, des photos avant/après, de l'endroit d'où elles viennent aussi… J'aimerais sensibiliser les gens à ce qui se cache derrière une barquette de viande dans un supermarché ou d'une boîte d'œufs tatoués 2 ou 3.

— Les œufs tatoués ? Genre « J'aime Maman » dans un cœur ou autre chose ?

— Ha ! ha ! ha ! Genre autre chose ! Sur chaque coquille d'œuf, tu as un code indiquant le mode d'élevage, le pays, le producteur et le numéro du bâtiment. 0 c'est pour bio et élevées en plein air. 1, c'est juste élevées en plein air. Pour les 2, c'est en intérieur avec 9 poules par m², et 3, c'est 18 par m². Celles-ci viennent d'un élevage de type 2. Et quand tu vois dans quel état elles sont arrivées… On va créer un autre poulailler pour accueillir un sauvetage de type 3, mais beaucoup ne survivront pas.

— Zut ! Je me sens con avec ma blague sur le tatouage, du coup… Je ne savais pas tout ça…

— C'est pour ça que j'ai fait ces affiches, pour informer. Nous allons bientôt les mettre en ligne aussi. C'est une goutte d'eau, mais c'est mieux que rien, même si les gens qui s'intéressent à notre projet sont déjà un peu sensibles à tout ça, en général. D'ailleurs, comment tu nous as trouvés ? Tu m'as dit que tu avais entendu parler de nous, mais tu ne m'as pas dit par quel biais...

— La première fois que j'ai vu le nom, c'était un partage d'un ami sur les réseaux sociaux. Je n'ai pas ouvert le lien, mais je me souviens de la photo qui m'a interpellé. Quelques semaines plus tard, votre petit reportage vidéo, peut-être le même, s'est mis en route sur une chaîne internet juste après celle que je venais de regarder. J'ai adoré le concept, le lieu... Et la troisième fois, c'est ma psy qui m'a demandé comment je voyais ma vie idéale si j'étais équipé d'une baguette magique. J'ai décrit exactement ce que je découvre ici, en fait... Et lorsqu'elle m'a demandé de visualiser cette bulle, j'ai repensé à cette vidéo. Et je me suis dit que mettre trois fois cette Bulle sur ma route devait avoir une signification. J'ai donc regardé votre site, et me voilà.

Il toussote avant de poursuivre :

— Et il n'y a pas de coqs ici ?

— J'espère que tu trouveras les réponses que tu cherches ici. Et le coq arrive cette semaine. Il est chez Lucette pour le moment. Il ne devrait pas nous réveiller trop tôt vu les sons qui sortent de son gosier. Un triste parcours, lui aussi ! Il s'appellera Cacahuète, pour lui redonner un peu de prestance et de dignité auprès de ces demoiselles. Les hommes du village ont insisté... Il ne me reste plus qu'à trouver une autre histoire pour expliquer le nom aux jeunes !

— J'apprécie que tu ne me poses pas plus de questions que ça sur les raisons de ma venue... Bref ! On ramasse les œufs ?

— On ramasse les œufs ! Tu me raconteras si tu en as envie, quand tu en auras envie. En attendant, voici un marqueur pour noter sur les œufs la date du jour et un panier. Et on nettoie le poulailler... Joyeuses Pâques en retard, Raphaël !

Je lui propose ensuite de sortir les animaux de la grange, puis de visiter le potager et le moulin. Suivis de Josette et Lucette qui viennent saluer tout le monde tous les matins, nous rentrons dans ce grand bâtiment où nous avons créé plusieurs espaces.

— Nous ferons les cochons en dernier, sinon, on ne peut rien faire d'autre avec Guilia dans les pattes. Je commence toujours par L'Âne et Barde qui sont à la patience ce que je suis au chant !

— Ha ! ha ! ha ! Et comment s'appelle l'âne ?

— L'Âne, comme dans *Shrek*. Il parle beaucoup et il est très attachant. Le cheval, lui, en plus d'une référence à *Astérix*, porte un nom qui veut dire en celte « celui qui perpétue la tradition orale ». Et lors des séances de communication animale avec Yanis, c'est vraiment ce qu'il fait. Et puis Barde, c'est aussi une fine tranche de lard. Même si ce n'est pas un porc, c'est une façon de dire qu'on les préfère vivants plutôt que morts. Les deux étaient destinés à la boucherie. Bisou ?

— Pardon ?

— Hein ? Ah, non... Excuse-moi... Je parle à L'Âne et à Barde ! On leur a appris à faire des bisous. Tu montres ta bouche avec ton index et tu dis « bisou ». Vas-y, essaye, si tu veux. Et ne sois pas surpris, après, ils glissent leur tête dans ton cou pour des câlins.

Et tandis que je prépare les pommes en guise de récompense, j'observe la joie qui se lit sur le visage de Raphaël devant tant d'amour inconditionnel. J'ai hâte de pouvoir faire découvrir ce moment de magie aux jeunes...

— Après les pommes, tu peux leur ouvrir la porte, si tu veux. Tu restes juste un peu en arrière, ils ont tendance à sortir vite.

— C'est normal que L'Âne reste la tête sur le flanc de Barde en marchant ?

— Oui, L'Âne est aveugle et Barde lui sert de guide.
— Waouh… C'est vraiment extraordinaire…
— Viens, je vais te présenter Sarah Connor et Asha, maintenant.
— Ne me dis pas que ce sont les personnes âgées qui ont choisi ce nom-là ?
— Non, ceux-là, c'est moi… Et je te préviens, Sarah Connor est une lécheuse.

Je n'ai pas eu le temps de donner plus d'explications que Raphaël se retrouve avec une énorme langue de vache voyageant sur sa joue. Il sursaute, puis explose de rire. Asha, son bébé, vient elle aussi chercher des caresses… Puis Sarah vient me dire bonjour et recevoir sa pomme avant de sortir.

— Vous récupérez combien de litres par jour avec Miss Terminator ?
— Aucun. Asha a l'exclusivité. Nous ne voulons pas la nourrir avec autre chose de pas naturel. Plus tard, lorsque le laboratoire de transformation sera opérationnel pour faire notre beurre et notre fromage, nous aurons quelques brebis, mais avec des prélèvements raisonnés pour laisser les petits sous leur mère.

— Et d'où viennent ces noms ?
— Au moment de partir à l'abattoir, Sarah n'a pas voulu monter dans le camion. Habituellement, une mère et son petit n'y partent jamais ensemble, mais tout s'achète dans ce système dirigé par les finances. Sur le trajet, elle se débattait tellement que le chauffeur a dû s'arrêter plusieurs fois. Et une fois arrivée sur le quai de l'abattoir, dès qu'elle a entendu le clic de la porte, elle a foncé dedans tête baissée en blessant le gars qui était derrière et a défoncé les barrières pour se sauver avec sa petite. Les autres vaches ont suivi, mais se sont arrêtées dans le champ d'à côté pour brouter. Sarah et sa fille sont par-

ties se cacher dans la forêt avant de péter des clôtures électrifiées pour aller se mettre incognito au milieu d'autres vaches dans un champ. Ils l'ont cherchée pendant des heures et ont prévenu la gendarmerie pour éviter une éventuelle collision avec une voiture. L'histoire est arrivée aux oreilles d'une association qui les a récupérées quand le propriétaire du champ s'est rendu compte qu'il avait des animaux qui ne lui appartenaient pas. Elle voulait survivre et sauver son bébé coûte que coûte, d'où son nom. Et Asha, chez les Indiens d'Amérique, ça veut dire « Espoir ».

— Je n'en reviens pas… Elle est super intelligente. Et elle aime malgré tout les humains après tout ça !

— Elle sait, elle sent qu'ici, il n'y a aucun danger. Tu auras l'occasion de voir comme elle est joueuse et câline, pire qu'un chien ! On joue même au foot avec elle… Elle est adorable. On va maintenant libérer les cochons. Tu te tiens bien sur tes jambes, ils sont un peu fou-fous. Tiens, mets des pommes dans tes poches…

Guilia me fonce dessus en remuant son groin et en poussant des petits cris pour me dire bonjour, suivie de ses quatre petits qui commencent à ne plus trop l'être. Ils courent de joie dans tous les sens jusqu'à ce que je prononce le mot magique : « Pomme ? » Ils s'arrêtent tous de bouger et me regardent fixement avec de grands yeux impatients.

— Des fois, j'ai l'impression qu'ils sourient… Des tests ont prouvé que les cochons étaient plus intelligents que les chiens. Quand tu les connaîtras un peu plus, tu verras à quel point ils sont étonnants… Bon, au boulot, il leur faut chacun une récompense, maintenant ! Ils sortent ensuite dès qu'ils l'ont eue, suivis de Lucette et Josette qui n'ont pas loupé une miette de ce rituel depuis le début, tu as remarqué ?

— Oui, c'est rigolo… Ils ont tous un nom ?

— Bien sûr... Il y a Jambon, Boudin, Saucisse et Lardon.
— T'es sérieuse ?
— Oui... Encore une fois, je veux que les gens prennent conscience d'où vient ce qui se trouve dans leur assiette. Ils viennent d'un élevage intensif. Je ne suis pas contre le fait de manger de la viande, mais pas quand l'animal n'est respecté ni pendant sa vie ni pour sa mise à mort. Guilia est une cochonne réformée et envoyée pour boucherie avec ses petits à cause d'une patte cassée. Elle vivait sur des caillebotis, maintenue debout de force par des barrières pour faire plus vite du muscle, sans aucune liberté de mouvement, avec ses petits en dessous ! Elle n'avait jamais goûté la chaleur soleil, vu la lumière du jour, gratté le sol avec ses pieds... Tu regarderas les photos sur les affiches...
— Je me sens coupable, car il faudrait peu d'efforts de chacun pour que cela change. On fait tous un peu la politique de l'autruche. C'est une très bonne chose que de rappeler tout ça. Et pourquoi ce nom, Guilia ? Ça me fait penser à ma chanson préférée de Daguerre...
— C'est fou... Personne ne connaît cette chanson ! Et c'est pour cette raison qu'elle s'appelle ainsi. J'ai pleuré en la découvrant par hasard... et j'ai pleuré devant toute la reconnaissance de cette truie découvrant cette nouvelle vie pour la première fois. C'est con, hein ?
— C'est tout sauf con ! Et pour être tout à fait honnête, je retiens mes larmes depuis les poules... Je suis très ému par ce que vous faites ici, par l'amour que vous y mettez et par ton regard sur les choses. Je suis heureux de te connaître, Lili.

Je lui souris en recoiffant mes mèches...
— Tu le seras peut-être moins quand je t'aurai dit que maintenant, nous devons tout nettoyer, remettre de l'eau, de la paille, du fourrage, et encore moins quand, après tout ça, ton dos te criera : « Pitiiiiiééééé ! Vade retro Lili ! »

17

Après la visite du potager, du verger et du moulin, Raphaël et moi retrouvons l'équipe pour un déjeuner sur le pouce. Du monde commence à arriver à la Guinguette, même si elle n'ouvre normalement que dans une demi-heure. Pour avoir du temps pour s'occuper des différents espaces et des travaux, nous avons décidé de n'ouvrir qu'en début d'après-midi, mais les gens arrivent souvent en avance et passent du temps avec les animaux…

— Les enfants de Carmen m'ont appelé ce matin… Ils attendent une place pour elle dans une maison de retraite sur Lannion. Mais Carmen dit qu'elle veut rester chez elle et les a menacés de se suicider s'ils l'obligeaient à partir, annonce tristement Franck.

— C'est compliqué comme situation, dit Adyl. Elle est encore très consciente des choses la majorité du temps, autonome, et en même temps, on ne peut pas la laisser toute seule.

— Elle a dormi dans un lit qui n'était pas le sien, elle ne s'est pas promenée toute nue au milieu des bois. Je ne peux m'empêcher de me mettre à sa place et je n'aimerais pas que l'on m'impose quelque chose à cet âge… Ne vaut-il pas mieux mourir plus tôt nu dans les bois mais heureux, que de gagner un ou deux ans sur sa durée de vie en étant malheureux ? C'est une question sur laquelle j'aimerais être consultée plus tard, et que mon choix soit respecté… Pas vous ?

— Oui, Lili, mais où est la limite avec la non-assistance à personne en danger ? questionne Raphaël.

— Mais ouiiiii, c'est ça, la solution !!! Merci Raphaël… En fait, on ne se questionne pas sur le bon sujet. Carmen est autonome, mais ne peut pas rester seule H24. Sa famille n'aura pas les moyens de lui payer une assistance à domicile nuit et jour. Il faut lui trouver un colocataire !

— Je suis d'accord, mais on n'a pas d'étudiants, car on est loin de tout, pas de salariés pour les mêmes raisons... Ils vont venir d'où tes colocs, Lili ? demande Franck.

— Les Kerterres n'étant pas construites, on ne peut pas lancer l'activité tourisme tout de suite sur site. Mais on pourrait proposer un hébergement à tout petit prix chez l'habitant avec des activités touristiques sur La Bulle : piscine, promenade, ateliers bien-être, etc. Là d'où je viens, il y a plein de gens qui ne peuvent pas se payer de vacances. Ils seraient peut-être contents de pouvoir offrir à leurs gamins un séjour au vert pas cher ? Carmen a un grand jardin... on peut y mettre une balançoire, un trampoline ou je ne sais quoi ! En échange, ils s'engagent à veiller sur elle !

— On pourrait même réfléchir à des colocations entre eux aussi, ajoute Amélia. Gaston a sa tête mais peine pour se faire à manger et souffre de la solitude. Carmen pourrait lui être d'une grande aide et elle est adorable. Si elle fait des choses incohérentes, il saura donner l'alerte...

— Excellente idée ! Et pour ouvrir dans trois mois, il va nous falloir des bras. On ne peut pas les loger pour le moment, donc on ne peut pas lancer de chantiers solidaires. Mais si certains habitants sont d'accord pour héberger des gens, ça ferait un peu de compagnie. Qu'en pensez-vous ?

— L'idée est bonne, Lili, mais il ne faudrait pas trop de contraintes aux personnes accueillies. On ne peut pas les obliger à dîner en tête-à-tête tous les soirs, par exemple... mais on pourrait peut-être adapter le tarif selon les obligations. Et puis trier les candidatures... Il y a certains de nos anciens voisins, Lili, qui me causeraient plus d'inquiétudes qu'autre chose. On laisse mûrir ces idées et on en reparle ce soir ? propose Adyl.

— Je vais parler de ça avec Gaston, puis Carmen s'il est d'accord. Je vous tiens au courant ! dit Franck en se levant pour embrasser Amélia avant de partir travailler, suivi de très près du reste de la tablée.

— Je n'ai pas compris le lien entre ma question et ta solution, mais c'est une bonne idée ! rigole Raphaël.

— Ha ! ha ! ha ! Moi non plus, maintenant que tu le dis. Peu importe, si ça pouvait fonctionner pour Carmen et pour d'autres, ce serait génial « une maison de retraite solidaire à domicile » ! Ça me coupe l'envie de râler d'être de corvée vaisselle, presque !

— C'est toujours toi qui t'y colles ?

— Non, ça dépend des activités du matin... Et comme on tourne, les corvées aussi. Animaux égal vaisselle, car seul, c'est une activité qui prend du temps et empêche l'activité cuisine. Et puis je chante mieux que je ne cuisine, donc c'est peut-être mieux ainsi...

— Il faut vraiment que je pense à isoler la maison de lutin avec des boîtes à œufs sur les murs !

Je lui balance quelques gouttelettes d'eau sur le visage et il explose de rire. Nous terminons nos tâches dans la bonne humeur, puis partons à la Guinguette rejoindre Amélia et libérer Adyl qui voulait continuer de travailler sur le potager.

— Je n'ai pas vu Medhi, aujourd'hui... remarque Raphaël.

— Il s'est absenté pour une journée de détente en solitaire. La vie en collectivité est sympathique, mais il faut des moments d'isolement pour se retrouver un peu aussi. C'est important de s'accorder ces temps pour le bien-être individuel et par conséquent l'équilibre du groupe. Chacun prend le temps dont il a besoin... juste pas en même temps que les autres.

— Vous avez pensé à tout !

— Non, on communique beaucoup et on adapte des solutions au fur et à mesure. On n'essaie de ne pas oublier que c'est une qualité de vie que nous sommes venus créer ici. Chaque chose faite doit se rapprocher du plaisir ou de l'envie. Enfin, à part la vaisselle !

— J'ai pris beaucoup de plaisir à faire la vaisselle avec toi et j'ai très envie de recommencer.

Et hop ! Un petit décoiffage maison ! Je ne sais pas s'il dit ça pour se rendre agréable ou pour me séduire. Je n'ai jamais vraiment compris les codes de drague et ne sais pas trop quoi répondre. Notre arrivée à la Guinguette est une parfaite diversion. Je le présente à tout le monde et il est submergé de questions. Lorsqu'ils apprennent qu'il est musicien et chanteur, il n'a d'autre choix que d'aller chercher sa guitare. Il interprète d'abord quelques-unes de ses chansons. Si la voix n'est pas toujours très juste, ses textes sont tristes mais magnifiques. Beaucoup sont sur le thème de la solitude, de l'amour idéal, de l'incompréhension de ce monde… Les gens sont ravis de ce spectacle musical improvisé. Amélia propose ensuite un atelier Sophrologie, puis j'anime une lecture des articles, joyeux uniquement, du journal pendant qu'elle consigne à l'écrit toutes les anecdotes du village, les recettes, les remèdes, les citations locales ou les astuces diverses qui émergent de ces échanges. Les conversations dévient souvent loiiiiin loiiiin loiiiin des titres de l'actualité et c'est tant mieux. J'évite d'ailleurs tous les sujets anxiogènes, pour eux, mais aussi pour moi… En fin d'après-midi, lorsqu'Adyl est venu nous rejoindre, je propose à Raphaël de venir avec moi au village.

— Pour une promenade ? me demande-t-il.

— Pas exactement ! Nous devons passer chez Jeanine qui a préparé de la soupe pour remercier Medhi d'avoir été lui chercher ses médicaments. Et un bol de soupe ici, ça veut dire plusieurs hectolitres, donc nous irons ensuite chez Lucien, un ancien ferronnier qui se remet de la grippe, pour lui en donner un peu et voir s'il va mieux qu'hier. Ensuite, nous finirons chez Lucette prendre des nouvelles du coq Cacahuète. Je te promets qu'après ça, tu ne voudras plus te promener…

— Encore une jolie solidarité… C'est vraiment bon de vivre tout ça ! S'il fait bon après, on pourra peut-être aller marcher un peu ?

— Je te laisse découvrir le « Vous m'en direz des nouvelles » avant de te prononcer !

— Ah oui, j'ai vu ça inscrit sur la Guinguette. Je dois avoir peur ?

— Non, juste un petit creux, une tolérance à l'alcool et pas de contraintes horaires !

La nuit est effectivement tombée lorsque nous sommes de retour à La Bulle. Jeanine, sachant que nous allions passer, avait préparé une tarte aux pommes avec un petit verre de cidre. Nous sommes repartis de chez elle les bras chargés de soupe, mais aussi de gâteau et de poulet froid pour Lucien. Nous l'avons trouvé en bien meilleure forme que la veille, ce qui nous a valu un petit remontant dont « vous me direz des nouvelles » et une visite de sa forge jouxtant sa maison. Nous avons ensuite retrouvé Lucette un peu désespérée : Cacahuète va beaucoup mieux mais chante toujours comme JuL. L'espoir que sa voix s'améliore est nul… comme JuL ! Mais un appel de son fils pendant que nous étions chez elle lui a remonté le moral. En se promenant dans la forêt, il a trouvé un hère, c'est-à-dire un faon de moins d'un an, blessé par balle. Il a été pris en charge par un vétérinaire et ses jours ne sont pas en danger, mais a besoin d'un espace sécurisé pour sa convalescence et se réadapter à la vie sauvage. Son fils a donc pensé à nous pour prendre soin de ce jeune cervidé. Et l'arrivée dans quelques jours d'un faon, eh bien, chez Lucette, ça se fête avec un cake fait maison et du coulis de café !

Le feu de camp est déjà allumé, les animaux à l'abri pour la nuit et le repas servi. Je n'ai absolument pas faim, mais quand Adyl passe en cuisine, il est impossible de résister ! Nous commençons à débriefer de notre journée en nous léchant les doigts. Nous trinquons à l'installation prochaine de Gaston chez Carmen après deux secondes d'hésitation de la part des deux parties, à l'arrivée prochaine d'un futur cerf, au départ demain matin de Medhi qui rentre retrouver ses enfants pour une semaine et à la première journée de Raphaël parmi nous. Nous finissons, comme tous les soirs, les fauteuils tournés vers la montagne pour observer les étoiles…

Je suis contente de retrouver mon lit dont j'ai rêvé toute la journée. Je m'étire en pensant à cette belle journée, lorsque je suis interrompue par Amélia :

— Tu souris parce que tu réfléchis à ta tenue pour demain ? me dit-elle avec un grand sourire.

— Non, je souris parce que je vais m'endormir vite pour éviter ton interrogatoire !

— Il a beaucoup de charme, il est drôle, un peu maladroit parfois mais touchant et vous avez eu une complicité immédiate. Tu crois vraiment que tu vas esquiver mes questions ?

— Oui ! Car il est aussi cassé par je ne sais quoi, je ne le connais que depuis quelques heures, je ne sais pas combien de temps il va rester. Si tu ajoutes à cela le fait que je n'ai dormi que 4 heures la nuit précédente et englouti l'équivalent de 10 repas en une soirée, ça me fait plein de bonnes excuses !

— Excuses recevables pour aujourd'hui… Mais ta petite robe noire serait parfaite pour demain !

— Ha ! ha ! ha ! Et drôlement pratique pour m'occuper des abeilles ! Demain, je fais un petit tour de contrôle des ruches avec Raphaël. Et tu en es où avec la demande de Franck de venir vivre avec lui ?

— Je n'ai toujours rien décidé, mais c'est moche comme diversion ! Je t'aime quand même, petite sœur. Bonne nuit…
— Belle nuit à toi aussi. Je t'aime !

18

La tenue d'apiculture est au glamour ce que la Ve République est à la démocratie : une cata ! Sauf qu'elle, elle est utile et indispensable...

— Ce n'est pas à cette petite robe noire que je pensais, rigole Amélia en me voyant sortir du bus emmitouflée dans ma combinaison.

— Les abeilles n'ont que faire de mes préoccupations sentimentales. Je ne veux pas finir ma matinée avec les jambes ressemblant à du papier bulle à cause des piqûres !

— Tu as fait une méditation pour te connecter à elles comme je te l'ai montré ?

— La dernière fois que j'ai essayé, j'ai fini par ressembler à Rocky Balboa en sortie de ring ! J'ai plus confiance en ma tenue intégrale qu'en ma capacité à communier avec l'esprit de la ruche pour le moment.

— File communier avec Raphaël... pouffe Amélia.

— Tsssss ! Attends qu'il découvre le doux parfum de l'enfumoir : l'irrésistible N° 5 de chez Nannan. Il va tomber raide... écœuré !

Je rigole toute seule en rejoignant Raphaël qui m'attend pour s'équiper de la même manière. Je profite de ce temps de préparation pour lui rappeler les consignes de sécurité : rester calme, faire des gestes lents, s'éloigner doucement en cas de stress et rester à l'ombre. Je le sens un peu fébrile et tente de trouver les mots pour le rassurer :

— Les abeilles ne sont pas agressives, juste défensives. Ouvrir une ruche et mettre à nu leur couvain qu'elles tentent de maintenir à une température autour de 35 °C, c'est un peu comme si des géants venaient retirer le toit d'une maternité d'humains en plein hiver. Elles défendent leurs bébés ! Elles sont même plutôt tolérantes, pour le coup. C'est pour cela que nous essayons d'intervenir le moins possible et de manière respectueuse. Tiens, prends ces feuilles de mélisse et frotte ta tenue avec.

— Elles n'aiment pas cette odeur ?

— C'est un répulsif naturel. Elles sont sensibles aux odeurs. Si tu veux tuer quelqu'un, par exemple, tu le parfumes à la banane. C'est une véritable déclaration de guerre pour elles... C'est comme leur venin ; cela envoie un signal aux autres que tu es un ennemi et toutes les copines déboulent pour te mitrailler !

— Me voilà bien rassuré, tiens !

— Il n'y a aucune peur à avoir. Suis les consignes et tout va bien se passer. L'homme préhistorique mangeait déjà du miel et il n'avait pas nos équipements !

— Oui, mais il avait aussi une espérance de vie beaucoup plus courte !

— On fera des peintures rupestres à ton effigie sur le bus s'il t'arrive quelque chose, promis, Dard Vador !

Nous continuons de raconter n'importe quoi pendant le trajet jusqu'au rucher que nous avons installé au cœur de la forêt pour leur assurer le plus de calme et de ressources possible. Je lui montre pour commencer, grâce à une ruche pédagogique, le fonctionnement des colonies, lui explique le cycle de vie des abeilles, d'une reine, d'un faux bourdon. Il ne peut retenir un frisson en apprenant le sort de ces messieurs après l'accouplement : l'appareil génital arraché qui reste dans la spermathèque de la reine le fait pâlir !

— Une façon radicale de gérer la fidélité ! dis-je en rigolant pour détendre l'atmosphère.

Je lui parle ensuite des moyens de communication hyper sophistiqués dont elles disposent pour signaler un danger ou un coin riche en nectar. La danse frétillante indique avec une précision incroyable des coordonnées par rapport à la position du soleil et les informations sont réactualisées en permanence en fonction de celui-ci. Je lui fais découvrir le sens de la démocratie chez ces hyménoptères où c'est vraiment la colonie qui décide et non la reine !

— Elles sont plus en avance que nous, en fait ! s'exclame Raphaël.

Je lui fais découvrir quelques ruches troncs que nous avons fabriquées pour des colonies sauvages et sur lesquelles nous n'exploitons pas le miel. C'est ce qui ressemble le plus à leur habitat naturel et nous les répartissons sur le territoire pour assurer la pollinisation seulement lorsque les cultures sont respectueuses de l'environnement, ce qui n'est hélas pas facile à trouver...

— Aujourd'hui, nous n'allons ouvrir qu'une seule ruche que nous surveillons particulièrement à cause de son taux de varroa élevé.

— Heuuuu ! Je suppose que tu ne parles pas des gens qui habitent dans le Var ?

— Ha ! ha ! ha ! Non, effectivement ! Rien à voir avec Saint-Tropez ! Le varroa destructor est un acarien parasite qui se fixe sur les abeilles et contribue à la diminution de leur nombre. Tout comme le frelon asiatique, originaire du même continent, qui est un vrai fléau pour les colonies. Tu ajoutes à cela les changements climatiques qui perturbent les floraisons, et donc l'accès à la nourriture, la pollution de l'atmosphère, l'agriculture intensive, certaines pratiques apicoles peu respectueuses, et tu comprends pourquoi leur avenir est plus que compromis !

— C'est déprimant...

— C'est ça ! Vincent, un apiculteur local qui m'a appris tout ce que je sais, dit, à juste titre, que l'abeille est un marqueur écologique majeur. Vu l'état du cheptel actuel et le manque d'intérêt des politiques pour leur sort qui continuent d'autoriser les néonicotinoïdes, un insecticide neurotoxique dangereux pour les abeilles, nous ne sommes pas sortis des ronces ! Le jour où elles disparaissent, nous disparaissons… Des robots pollinisateurs ou des plantes trafiquées génétiquement pour ne plus avoir besoin d'insectes dans leur processus de reproduction est d'une absurdité sans nom.

— Je me suis trompé, ce n'est pas déprimant, c'est super giga déprimant… Que pouvons-nous faire individuellement pour les aider ?

— Je dirais expliquer, éduquer, pour que chacun change sa façon de consommer ! Acheter local et bio, c'est faire mourir un peu un terroriste capitaliste. Tiens, je te présente Scud, notre poule gardienne du rucher !

— Je connaissais les poulets, gardiens de la paix, mais pas les poules, gardiennes de ruches ! Et c'est quoi ce nom encore ?

— Scud est la meilleure gobeuse de frelons ! Ses coups de bec sont de vrais missiles à courte portée pour tout intrus restant en vol stationnaire devant les ruches !

— Et pour les Tropéziens ? On leur règle leur compte comment ?

— Le temps que nos abeilles endémiques développent des stratégies pour se défendre contre ce nouvel envahisseur, nous essayons de soulager la pression de leur présence par des traitements. Et comme tout ce qui peut générer du fric dans cette société, les produits chimiques des labos sont chers et autorisés, alors que les solutions naturelles sont prohibées. Quel que soit le trou de la serrure par lequel tu observes le système, c'est à vomir…

Un long silence conclut cet échange lourd de réalisme. Je regrette de m'être laissé emporter par ma colère. C'est pour ça que la technique d'Amélia ne fonctionne pas, être conscient de ce qui se joue pour notre monde est incompatible avec la zénitude que demandent les abeilles. Je respire profondément et reprends mon observation de la ruche malade. Je détaille chacun de mes gestes et nous avons la chance d'assister en direct à la naissance d'une ouvrière. C'est un moment privilégié.

Les abeilles commencent à s'agiter et nous foncent dessus sans nous piquer. C'est un premier avertissement et le signal qu'il est temps de nous éloigner. La visite a été positive aujourd'hui, et je suis soulagée de voir que nos efforts commencent à porter leurs fruits.

Sur le chemin du retour, je lui fais visiter la dépendance dans laquelle nous avons installé notre miellerie artisanale et lui offre un pot de cette précieuse mixture.

— Alors ? Vous avez passé un bon moment ? me demande Amélia avec un petit sourire en coin.

— Il y a ma photo dans le dictionnaire pour illustrer le mot « déprimante » ! Je crois que Raphaël est parti chercher une corde pour se pendre après avoir écouté ma vision du monde ! dis-je en m'écroulant sur mon lit.

— Ce n'est que la forme qui est à travailler, sur le fond, tu as raison… Notre mission est de donner de l'espoir d'un autre possible. Mais c'est difficile de faire abstraction des constats que nous faisons au quotidien sur l'état de la planète, me rassure Amélia. Je pense surtout que tu devrais te reposer un peu. Dormir peu et bosser beaucoup, ça ne fait pas bon ménage bien longtemps.

— Si je ne me douche pas, je vais finir comme la belle au bois dormant : je vais être irréveillable ! Et le prince charmant qui saura surmonter l'odeur de l'enfumoir n'est pas né ! Merci, ma sœur… dis-je en lui faisant un bisou.

Après un après-midi bien rempli auprès des habitants du village, je rejoins tardivement l'équipe déjà installée autour du feu de camp. Raphaël, qui a passé l'après-midi avec Adyl, tient une poche de glace sur son œil droit. Devant mes yeux interrogateurs, il la retire pour me montrer une énorme boursoufflure.

— J'ai survécu aux abeilles, mais pas à une guêpe qui ne voulait pas partager un abricot avec moi cet après-midi, me dit-il en rigolant.

— Elle s'appelait Mike Tyson, ta guêpe ?

— J'ai fait une réaction allergique, mais tout va bien… Encore merci pour ce matin, c'était passionnant.

— Tu es sûr ? J'ai cru que tu t'étais fait mal en te cognant la tête contre un mur devant mon pessimisme.

— C'est plutôt du réalisme ! Et je pourrais t'écouter des heures me parler des abeilles. Je pourrais t'écouter des heures tout court.

Je ne parviens pas à retenir le rouge que je sens me monter aux joues. Je suis sauvée par Adyl qui se met à raconter comment Raphaël s'est mis à gonfler de tout le visage suite à sa piqûre et la visite en urgence chez le médecin.

19

J'ai mal aux joues à force de faire semblant de sourire et mal à la tête à essayer de paraître comme d'habitude alors que j'ai le cœur lourd. Cela fait trois semaines que Raphaël est avec nous et c'est son dernier feu de camp à La Bulle ce soir. Il rigole, le regard brillant, et fait le pitre pour le plus grand plaisir de tout le monde. En dehors de son aide précieuse au quotidien, il a su au fil du temps tisser de vrais liens avec chacun d'entre nous. Il est attachant, Raphaël, trop attachant, et je n'ai pas envie de le voir partir…

Il s'est métamorphosé depuis son arrivée. Il s'est confié sur son enfance avec une mère anciennement alcoolique et un père qui n'est pas le sien mais dont personne ne veut lui parler. C'est le seul métis de la fratrie et quelques lapsus lors de réunions de famille lui ont confirmé accidentellement que ses origines sont ailleurs. Cela reste néanmoins un secret de famille qui le ronge depuis toujours. Des blessures que je comprends, que je connais et qui lui font vivre des relations de dépendance affective avec les femmes qui ont croisé sa vie. Il tombe vite amoureux, en tout cas il croit qu'il l'est, avant de réaliser que rien ne peut combler ce vide. Il souffre et fait souffrir. Ce rêve de cabane au fond des bois n'est pas un idéal de vie, mais une fuite de ce qu'il doit affronter pour aller mieux…

Nous en avons beaucoup discuté et il a fait quelques séances avec Amélia. Nous avons toutes les deux planté des graines dans son esprit, sans savoir quand et si elles allaient pousser. Ici, il a retrouvé du calme, de la bienveillance, de l'amour et il est suffisamment regonflé pour repartir affronter sa vie. Sauf que tant qu'il n'a pas réparé cette fuite, il va faire comme un ballon de baudruche : voler dans tous les sens avant de s'effondrer. Mais il n'est pas prêt pour comprendre cela, je le sens. Il doit encore expérimenter la chute pour prendre conscience des choses. J'espère juste qu'il reviendra vite… Je n'ai jamais été autant amoureuse de ma vie ! Il ne s'est pourtant rien passé physiquement entre nous, à part quelquefois des mains qui se sont touchées, des corps qui se sont frôlés, des regards intenses qui se sont croisés. Mais il m'attire comme un aimant contre lequel je ne peux pas lutter ! Mon corps entier l'exprime, mon cœur le manifeste et mon cerveau le confirme…

C'est dur de laisser celui que l'on aime partir parce que c'est ce qui est bon pour lui, et par ricochet, pour nous.

— Les amis ? J'ai eu du mal à trouver le sommeil hier soir… Je crois qu'une partie de moi ne veut pas partir d'ici ! Du coup, j'ai écrit une chanson que j'aimerais vous interpréter. Désolé, ça parle encore d'amour, mais promis, ce n'est pas triste ! Ça s'appelle *Toi*…

Il s'installe avec sa guitare et se met à jouer en me regardant :

Cette fossette sur la joue
Et ce regard pétillant
Me rend complètement fou
Envie d'arrêter le temps
Cette manie de se recoiffer
Quand des émotions la gagnent
Sa frange pourtant bien rangée
Lui donne tellement de charme

Toi, celle que j'ai tant cherchée
Mon âme jumelle, mon alliée
Attendras-tu que je revienne
Sans ces fantômes qui me gênent

Une âme belle à en pleurer
Qui comprend tous mes silences
Dans un corps à se damner
Voilà qu'elle est ma chance
Et quand nous faisons l'amour
Chaque nuit dans mes rêves
Maudit soit ce nouveau jour
Qui vient et me l'enlève

Toi, celle que j'ai tant cherchée
Mon âme jumelle, mon alliée
Attendras-tu que je revienne
Sans ces fantômes qui me gênent

J'ignorais jusqu'à ce jour
Ce que cela fait vraiment
De vivre le grand amour
Celui qui dure éternellement
Des années à me mentir
Et le cœur un peu cassé
Réparé juste par tes rires
Et toute son intensité

Toi, celle que j'ai tant cherchée
Mon âme jumelle, mon alliée
Attendras-tu que je revienne
Sans ces fantômes qui me gênent

Toi, celle que j'ai tant cherchée
Mon âme jumelle, mon alliée
Attendras-tu que je revienne
Pour pouvoir te dire « Je t'aime ».

J'ai du mal à retenir les larmes qui coulent sur mes joues et aucun son ne peut sortir de ma gorge. Je me lève et le prends dans mes bras. Il me serre contre lui… Je resterais là blottie une éternité. Une de ses mains caresse mes cheveux tandis que je continue de pleurer. Le temps s'arrête, je ne sais pas ce qu'il se passe autour. Il y a juste lui et moi. Il me susurre à l'oreille des « pardon » et des « je vais revenir vite ». Je me retiens de ne pas lui demander de rester. Quand je peux enfin faire sortir quelques mots de ma bouche, je le regarde et lui dis juste : « Reviens-moi vite ! » Il a lui aussi les joues remplies de larmes et essuie les miennes avec ses pouces avant de m'embrasser. Ses lèvres sont douces, délicates, et c'est tout mon corps qui est soudainement en feu ! Mais alors que ce baiser passionnel me transporte, une petite voix intérieure me dit : « Et après ? » Et après, il partira…

Je me défais de cette étreinte, pose ma main sur sa joue, lui souris et pars m'isoler dans le bus.

Je m'effondre sur mon lit et laisse aller ce chagrin qui m'étouffe. Amélia puis Adyl tentent gentiment de venir me réconforter, mais je ne peux pas parler… Je les éloigne à coups de : « Ça va aller, j'ai juste besoin d'être seule. » Bob et Marley me donnent des petits coups de museau, et je les fais monter sur le lit pour me coller contre eux. Je pleure jusqu'à épuisement et m'endors tout habillée, avec mes deux molosses en guise de couverture.

Le bruit d'une voiture me sort de mon sommeil. Je sais que c'est la voiture de Raphaël qui s'en va… Je ne veux pas vivre cette journée. Je voudrais me réveiller dans plusieurs jours, quand ma raison aura repris le dessus. Je sens mes yeux gonflés par les larmes de la veille, j'ai l'impression d'être défigurée.

Je me lève, avale quelques comprimés pour dormir et me recouche. Je ne les avais pas touchés depuis mon installation à La Bulle. J'entends Amélia monter dans le bus et venir vers moi, mais je préfère faire semblant de dormir. Elle réajuste le drap sur moi et s'en va en faisant descendre les chiens. Je l'entends chuchoter à Adyl : « Elle dort encore. » Ils sont adorables et je m'en veux de leur causer de l'inquiétude. Mais je n'ai pas la force aujourd'hui de faire autrement. Je me tourne sur le côté et attends que les cachets fassent effet. Puis je sens tout doucement que le volcan en éruption dans ma tête et dans mon cœur se calme avant de sombrer dans un profond sommeil.

Je n'arrive pas à ouvrir mes yeux, j'ai l'impression que mes paupières pèsent des tonnes, mais j'entends des voix. Celle d'Amélia d'abord :

— Le problème, c'est que je ne sais pas combien elle en a pris ! Et que l'on ne puisse pas la réveiller du tout m'inquiète profondément...

Puis celle d'Adyl :

— Moi aussi ! Je vais prendre le volant du bus et la conduire à l'hôpital...

J'ai la tête complètement engourdie et je me demande de qui ils peuvent bien parler !

— Qui est malade ?

Cette phrase à peine audible m'a demandé tellement d'efforts...

— Putain ! Tu nous as fait peur ! Il est 18 h, tu dors depuis hier soir, et depuis tout à l'heure, on essaie de te réveiller... crie de panique Amélia.

— Fatiguée...

Mon phrasé est lent et ma langue aussi pèse deux tonnes.

— Regarde, je t'ai apporté un petit-déjeuner. Il faut que tu manges pour réduire les effets des médocs... me dit Adyl.

— Peux pas ! Collés...
— Qu'est-ce qui est collé ?
— Zieux !

Et je me rendors ! Il leur faut plusieurs tentatives pendant plus d'une heure pour parvenir à me réveiller jusqu'à l'ouverture complète de mes yeux et réussir à me faire avaler un café. Je n'ai pourtant pas dépassé les doses recommandées et, habituellement, les effets de ces comprimés sont plutôt de courte durée. J'ai plutôt l'impression que mon corps, pour me protéger, m'a mise en hibernation.

Je regarde ma sœur et mon ami, assis sur le bord de mon lit, me parler chacun leur tour, mais mes pensées sont ailleurs et mes larmes remontent. Je capte certains de leurs mots : « C'est mieux ainsi », « Il va revenir », « Il t'aime »... Je dois m'occuper les mains pour que cessent ces pensées et tente de me lever. Mais mon corps est lourd et je me traîne difficilement jusqu'à l'extérieur où la lumière du jour m'éblouit. Comme pour me rappeler pourquoi je suis ici, le fameux Lapinosaure est la première chose que je vois en sortant. Je souris en repensant à notre première rencontre.

Avec ou sans Raphaël, la vie est belle. Et puis, ils ont peut-être raison... Il va revenir...

20

Avec quatre mois de retard, nous venons enfin d'obtenir l'ensemble des autorisations et des certificats nous permettant d'accueillir du public ! Si les murs du mas n'étaient pas intégralement secs, nous étions prêts en temps et en heure, mais c'était sans compter sur un point que nous avions totalement oublié de la législation : la piscine, notre marre et le cours d'eau sur notre propriété ! Après une longue bataille pour faire admettre l'utilité de la marre à la faune et à la flore, et donc de l'absurdité que représentait une clôture autour, nous avons réussi à trouver des compromis. Une clôture autour de la piscine biologique, des panneaux de signalisation et des équipements de secours autour de la marre et du cours d'eau.

Et parce que nous voulons être sereins avec tout cela, nous avons ajouté des caméras avec des écrans de contrôle dans les endroits les plus fréquentés de La Bulle : la guinguette, la cuisine et la grande salle. Un détecteur de mouvement nous alerte sur nos téléphones et nous pouvons nous connecter directement du SMS à la zone concernée. Il a fallu de longues heures de réglages pour nous éviter de jouer les Pamela Anderson dans *Alerte à Malibu* toutes les 5 minutes dès qu'une grenouille passait dans le champ des caméras ! Mais nous savons déjà qu'entre les cochons qui passent leur été à barboter pour protéger leur peau fragile du soleil et Bambi, notre jeune cerf, pourtant libre de pouvoir aller où bon lui semble, qui ne les quitte pas d'une semelle, nous allons vibrer souvent…

Pour finir les travaux dans les temps, Amélia a eu l'idée de faire appel à notre frère Sandro qui, exceptionnellement pour un Portugais, travaille dans le bâtiment ! Grâce aux mimes, mais surtout au traducteur intégré dans nos téléphones, nous avons pu lui demander de l'aide. Nous ne nous attendions pas à ce qu'il arrive chez nous avec une équipe de 20 professionnels en tous genres qui a fait des miracles en quelques semaines... Chacun d'entre eux était logé chez l'habitant à titre gracieux, chaque tentative de négociation se soldant par un : « Ah mais il en est hors de question ! » Quant à la rémunération de ces artisans, la réponse était du même ordre : « Isso está fora de questão ! » Tous en repartant savaient dire « Tou men dirao dou nouvelch ! » (*Tu m'en diras des nouvelles*)...

Seul un a décidé de rester avec nous, enfin, surtout avec Adyl ! Ce jeune beau brun, menu mais musclé, jardinier-paysagiste dans son pays, s'est passionné pour la permaculture... et pour mon ami ! Entre eux, le coup de foudre a été immédiat. Tout le monde s'en est rendu compte, sauf eux ! Tous les deux timides et romantiques, ils ont mis plusieurs semaines à voir cette évidence. Ils habitent dans le petit appartement au-dessus de chez Franck et Amélia, le temps que leur maison Kerterre en bordure du cours d'eau soit terminée. Il y a une petite lumière dans les yeux d'Adyl qui brille en permanence et c'est juste délicieux de le voir si heureux.

Cette idylle n'a pas été sans faire jaser dans le village ! Adyl ne se promenant jamais en talons aiguilles ou avec je ne sais quel autre accessoire cliché de l'homosexuel, ils sont tous tombés de leur chaise en apprenant que ce beau barbu viril préférait les garçons. Un problème d'éducation et de croyances qu'Amélia et moi avons dû régler à coup de documentaires scientifiques prouvant que l'on naissait ainsi et qu'il ne s'agissait en rien d'une déviance comme ils l'avaient entendu dire ! Une petite poignée d'irréductibles ont choisi de ne plus fréquenter La Bulle, ça leur appartient... La bêtise n'a pas sa place ici, mais la porte leur reste grande ouverte s'ils changent d'avis. Adyl et Joan vivent leur amour comme n'importe quel autre couple et ils rayonnent...

Cette aide inespérée nous a permis d'avancer sur plusieurs autres sujets. Nous avons ainsi pu produire nos premières confitures, nos premiers sachets de mélanges aromatiques ou de tisanes médicinales. Adyl a également terminé sa formation de « maître savonnier » et nous proposons nos premiers savons entièrement biologiques. Le maraîchage étant pour garantir notre autonomie alimentaire et celle des personnes qui le souhaitent, et non une source de revenus, nous donnons nos surplus de production à des associations qui les redistribuent dans les écoles des alentours ou à des gens dans le besoin. Les produits transformés sont vendus à prix très raisonnable sur notre site internet, et pour ne pas alourdir le bilan carbone, les produits sont à retirer sur place ou livrés dans certaines boutiques relais lorsque nos déplacements sont nécessaires pour les habitants du village.

Yanis et Mehdi continuent leurs allers-retours pour le moment, mais après deux semaines passées ici, leurs enfants ont convaincu leurs ex-femmes à venir visiter les lieux. Depuis, celle de Yanis est en attente de mutation et celle de Medhi est toujours en réflexion, mais c'est en bonne voix. Marion s'installe dans une semaine dans une dépendance transformée en charmante petite maison, pressée d'accueillir nos premiers jeunes et continuer à vivre son histoire d'amour secrète avec Yanis. Ils font semblant de ne pas être ensemble, nous faisons semblant de les croire... Ils ont sûrement de bonnes raisons de fonctionner ainsi !

La ferme s'est agrandie aussi. Un matin, ce sont Bob et Marley qui nous ont donné l'alerte : deux biquettes avaient été attachées à un arbre à l'entrée de la propriété durant la nuit. Tic et Tac sont plutôt en bonne santé et nous avons remercié via les réseaux sociaux et notre site les personnes qui les ont laissées chez nous. Non pas que nous encourageons cette pratique, mais parce qu'il est préférable qu'elles soient en sécurité à La Bulle plutôt que lâchées dans de mauvaises conditions n'importe où ! Et puis, Amélia et moi croyons que, malgré notre histoire, un abandon peut être un acte d'amour…

Nos trois chats ont également pris leurs repères. Il manque un œil à Globule, une patte à Tricycle et une queue à Tirebouchon, mais ils ont bien compris que la Guinguette était l'endroit idéal pour avoir des caresses et quelques morceaux de jambon que certaines cachent dans leur poche pour attirer leurs faveurs. Ils ont plein d'humains asservis pour répondre au moindre miaulement et ils en profitent.

Au milieu de toutes ces bonnes nouvelles et d'un emploi du temps archi rempli, le vide dans mon cœur laissé par Raphaël est encore très présent. Si nos échanges étaient nombreux et assez intenses après son départ, ils sont devenus irréguliers. Il tombait amoureux et disparaissait quelques jours, quelques semaines pour revenir ensuite tout en regrets et en excuses.

« Toi, celle que j'ai tant cherchée
Mon âme jumelle, mon alliée
Attendras-tu que je revienne
Sans ces fantômes qui me gênent. »

Eh bien, après un an d'absence, j'ai décidé que non et j'ai coupé toute relation avec lui ! Qu'il fasse son ballon de baudruche avec qui il veut, je me refuse d'être le morceau de bolduc accroché à ses pieds qui suit une direction qu'il n'a pas choisie ! Ses fantômes aussi me gênent, surtout quand elles sont brunes à forte poitrine à qui il écrit régulièrement des chansons qu'il efface tout aussi régulièrement sur les réseaux sociaux !

Alors que je voudrais juste que l'on me fiche la paix, mon célibat est source de grande inquiétude dans le village :

— M'enfin ! Une jolie fille comme vous, ce n'est pas possible que vous ne trouviez pas un mari ! Vous êtes si gentille, en plus ! Même Carmen et Gaston se sont trouvés.

Oui ! Bah ! Je ne savais pas que chercher son nid était une technique de drague ! Et puis, je n'en trouve pas parce que je n'en cherche pas pour plein de raisons !

Alors, on me tend des pièges... Ils partent de bonnes intentions, mais me font vivre de grands moments de solitude ! Ainsi, je suis invitée chez l'une pile le soir où son fils célibataire est là, ou chez l'autre, dont le petit-fils passe à l'improviste juste quand j'arrive... Un vrai speed dating rural, mais contre mon plein gré !

On me précise dans toutes les conversations qu'untel est célibataire et un bon parti de surcroît ! Je répondrais bien que c'est plutôt un bon coup que je cherche, mais pas sûre qu'ils le prennent au bon degré... J'ai l'impression que la France entière est au courant de ma situation ! Je reçois des bouquets de fleurs d'inconnus avec des CV pour me convaincre de les rencontrer !!! Je ne suis pas à cheval sur l'orthographe, mais certains devraient vraiment garder leurs sous pour investir dans un Bescherelle : Un « Cc, jmrai bcp vous rencontré, jm bi1 votre personne » me brûle la rétine !

Soupirs !

Lucette a même fait venir un vétérinaire à La Bulle en me vendant une visite d'intérêt pour les lieux et une envie de proposer ses services gratuitement. J'ai trouvé suspect qu'elle insiste autant sur le fait que cela devait être moi qui fasse la visite... Je n'ai plus eu aucun doute lorsqu'une fois les présentations faites, elle nous a laissés tous les deux avec un « Bon, ben... je vous laisse ! », suivi d'un petit clin d'œil ! Nous avons alors compris tous les deux que nous nous étions fait avoir...

Louis aussi était victime d'un guet-apens ! Nous avons passé un long moment à en rire et à réfléchir à un plan d'arroseur arrosé... Il est plutôt bel homme, intelligent et plein d'humour. Nous nous voyons de temps en temps, et apprenons à nous connaître. Il sait pour Raphaël et j'apprécie qu'il me laisse aller à mon rythme. Je ne suis pas amoureuse, mais comme dit Lucette, l'appétit vient en mangeant... Pour le moment, je n'ai pas encore envie de passer à table.

Peut-être parce que Simone me répète en boucle dès qu'elle me croise :

— Non, non, non ! Ils sont formels, là-haut ! C'est Raphaël, pas Louis !

21

Amélia et moi sommes un peu nerveuses sur le quai de la gare. Massinissa, Enna et Tim sont les premiers jeunes que nous recevons à La Bulle. Nous ne savons que très peu de choses sur leurs histoires de vie et le drôle de parcours qui les amène jusque chez nous.

Massinissa a 16 ans et a été retirée à sa famille il y a un an pour maltraitance psychologique. Introvertie, pleine de colère et les idées noires, il semble difficile de rentrer en contact avec elle.

Enna a 17 ans et c'est à sa demande qu'elle vient passer deux semaines au vert. Avec un passé scolaire compliqué et un état dépressif assez profond, elle souhaite mettre sa tête un peu au repos.

Tim est lui âgé de 14 ans et ne vit plus avec sa mère depuis quelques mois. L'intégration au foyer se passe plutôt mal, il a beaucoup de mal à suivre les règles et doit suivre un traitement assez strict pour des troubles du comportement qui nous contraint à faire passer une infirmière tous les jours.

Nous avons opté pour un accueil sans Marion, pour que cela leur semble moins protocolaire et qu'ils aient une impression d'ailleurs au premier contact. Mais c'est une lourde responsabilité et nous n'en menons pas large toutes les deux avec notre panneau « La Bulle » dans les mains...

Une fois le train en gare, une femme descend et vient à notre rencontre, suivie de trois ados qui regardent leurs chaussures en faisant la tête :

— Bonjour, vous êtes Lili et Amélia ?

— Vous devez être Béatrice ? Ravie de vous rencontrer. Vous avez fait bon voyage ?

— Oui, très bien, merci beaucoup. Je fais vite, car mon train repart dans très peu de temps... Je vous présente donc Massinissa et Tim. Et voici Enna, que sa maman nous a confiée à Paris et qui a juste voyagé avec nous. Vous ferez connaissance après, car je n'ai pas beaucoup de temps. Voici un sac avec tous les dossiers de chacun. Vous trouverez tout ce dont vous avez besoin dedans. Voilà, les enfants ! Amusez-vous bien et soyez sages, surtout ! Je file... Appelez-moi si vous avez le moindre souci... Au revoir !

Elle a à peine prononcé ce dernier mot qu'elle a déjà disparu du quai.

— Eh ben ! J'ai connu des livreurs plus bavards ! dit Amélia, choquée.

Je devine un rictus sur le visage de Massinissa caché derrière une grosse touffe de cheveux frisés.

— Bienvenue à vous trois, je suis Lili et voici ma sœur Amélia. Nous sommes très heureuses de vous recevoir et j'espère que vous passerez un agréable séjour parmi nous. Votre voyage s'est bien passé ?

Ils répondent tous oui de la tête.

— Comme il y a une heure de trajet en voiture, est-ce que ça vous dit de marcher un peu et d'aller prendre un verre en ville avant de prendre la direction de La Bulle ? propose Amélia.

Ils répondent tous non de la tête. Eh bien, ce n'est pas gagné... Nous partons en direction de notre minibus et toutes nos tentatives de dialogues se concluent par des hochements de tête. Avant de prendre la route, je me retourne vers eux pour essayer de les mettre un peu plus à l'aise :

— Vous savez, La Bulle n'est pas un foyer. Vous êtes ici en vacances et n'avez aucune contrainte. Nous vous proposerons des activités, mais vous n'êtes en aucun cas obligés de les faire. L'objectif est que vous vous sentiez bien... Vous devez juste respecter les heures de repas et nous dire où vous êtes. Ça vous va comme règles ?

Tout le monde dit oui de la tête. Je démarre la voiture et j'entends une petite voix fluette provenant du fond de la voiture :

— Donc si je veux rester dans ma chambre écouter de la musique, je peux ?

— Bien sûr, Massinissa. Tu es ici pour te faire du bien, donc si c'est ça qui te rend heureuse, nous, ça nous va… Amélia connaît bien les foyers de la DDASS, enfin de l'ASE, où elle a passé pas mal de temps dans sa jeunesse. C'est pour cela que nous avons créé cet endroit, pour vous offrir une petite parenthèse où souffler un peu.

Je vois dans le rétroviseur que je capte leur attention. Même Enna qui n'est pas concernée par le sujet lève la tête. Amélia enchaîne en présentant brièvement son parcours et parle un peu des activités de La Bulle. En évoquant le cheval, c'est Enna qui sort de la sienne :

— C'est un cheval de trait ?

— Je pense que oui, mais je n'en suis pas certaine. Tu saurais le dire, toi ?

— Oui, c'est facile, ça, quand même ! Les chevaux sont ma grande passion. Je vous dirai ça…

— C'est gentil, je te remercie, Enna. Nous avons appris souvent un peu à l'arrache en fonction des sauvetages. Tu nous diras si tu as des conseils ou des remarques pour Barde…

— C'est quoi des sauvetages ? demande Tim en marmonnant un peu.

J'explique les grandes lignes des profils des animaux que nous avons recueillis et sens plein d'empathie dans leurs questions. Le lien est fragile, mais le contact est noué. Et lorsque je m'arrête sur une place de village pour proposer une pause pipi-glace dans le bar-boulanger-presse-tabac face à l'église, je suis contente de ne pas essuyer un refus massif. Ce n'est pas d'un immense enthousiasme, mais c'est quand même positif.

Nous passons cette pause à expliquer les noms des animaux de la ferme et leurs origines, ce qui semble les amuser. Nous terminons par les cochons et les poules, ce qui nous donne même droit à des rires. Lorsque nous remontons en voiture, Massinissa demande :

— Vous êtes tous cools comme ça là-bas ?

— Ah non ! Les autres sont pires ! Nous, nous sommes les plus méchantes…

Je suis heureuse de les voir tous sourire. Le reste du parcours, nous parlons de musique et Amélia me décrivant à la guitare les fait tous rire. Massinissa est une ancienne guitariste et me propose de m'aider sur les choses qui me bloquent, ce que j'accepte avec grand plaisir… Tim ne parle pas beaucoup, mais il écoute tous les échanges et semble détendu.

En arrivant à La Bulle, je les invite à laisser leurs sacs dans la voiture dans un premier temps pour leur faire un tour rapide des lieux avant de leur montrer leurs chambres. Tim refuse de descendre, terrorisé par les chiens. Yanis, venu en renfort pour cette première semaine, vient à son secours. Il éloigne Bob et Marley qui vont faire la fête aux deux autres, guère plus rassurées. J'accompagne les filles vers les animaux qui viennent me dire bonjour. Je leur donne quelques friandises comme d'habitude et Enna demande si elle peut faire la même chose. Je lui en tends une poignée, ainsi qu'à Massinissa qui refuse, préférant pour le moment observer.

— Vous les laissez en liberté ? Il n'y a pas de clôture ?

— Oui, Massinissa, ils sont libres d'aller où ils veulent. Mais comme ils sont bien ici, ils restent de leur plein gré. Ils ont tous eu des débuts de vie pas faciles, mais je crois qu'ils sont en paix, maintenant… Ils ont confiance en nous et nous en eux, comme ça, tout le monde est heureux…

Je sens que le message est passé… Je les invite ensuite à découvrir la Guinguette, mais en voyant le monde en terrasse, je sens que les filles ne sont pas à l'aise. Je n'insiste pas et retourne chercher les sacs dans la voiture. Tim est toujours avec Yanis, mais dehors et accroupi en train de caresser les chiens.

— Wouah ! Bravo, Tim ! dit Amélia.

— Yanis m'a expliqué comment fonctionnaient les chiens. En fait, ce sont eux qui ont peur… Du coup, je les rassure !

Marion et Adyl les accueillent dans la maison, leur font visiter les pièces du bas et les laissent choisir la chambre qui leur plaît à l'étage parmi les dix disponibles. Nous leur proposons diverses activités, mais les trois optent pour un repos en chambre. Nous leur donnons donc juste rendez-vous pour le repas et respectons leur choix de s'isoler un peu. Ils ont besoin de temps…

Les habitants du village sont un peu déçus de ne pas pouvoir les rencontrer, mais comprennent que c'est quelque chose qui se fera en douceur un peu plus tard. Nous leur avions bien expliqué la fragilité des jeunes que nous allions recevoir et beaucoup sont venus avec des petites bricoles à leur offrir. C'est leur façon de se montrer accueillants et bienveillants, ce qui me touche.

Lorsque les jeunes descendent et découvrent que le repas se fait autour d'un feu de camp, ils ont les yeux qui brillent. Nous dînons tous ensemble et parlons comme nous le faisons d'habitude, en incluant les jeunes dans nos conversations pour essayer d'en savoir un peu plus sur leurs centres d'intérêt.

Tim est passionné d'horticulture et connaît tous les noms de fleurs, ainsi que leurs légendes, leurs vertus, leurs dates de floraison. C'est assez impressionnant ! Adyl lui parle de Lucette et de ses potions magiques, mais aussi du potager où il utilise les fleurs pour protéger d'autres espèces, éloigner ou au contraire attirer certains insectes. Demain, il souhaite visiter nos plantations et rencontrer notre Druidesse.

Enna discute beaucoup avec Yanis et Marion. La communication animale la passionne et elle pose des tonnes de questions. Elle aimerait être équithérapeute, mais son blocage avec les études la freine un peu sur cette route. C'est pour faire le point sur ce qu'elle peut faire d'autre qu'elle est venue se ressourcer ici. Demain, elle souhaite s'occuper des animaux de la ferme.

Quant à Massinissa, elle dessine beaucoup et écrit des textes. Elle me montre un carnet où elle consigne ses créations et je suis très émue en lisant ses textes. Ils sont d'une tristesse et d'une puissance incroyables ! Elle y parle d'une histoire d'amour impossible avec une jeune fille et du comportement de ses parents face à cette homosexualité. Elle écoute avec beaucoup d'intérêt l'histoire d'Adyl. Ses dessins sont sombres, mais les traits parfaitement exécutés. Demain, elle accepte un atelier d'art thérapie avec Amélia, puis une adaptation en musique de ses textes avec moi.

Nous terminons notre soirée par notre traditionnelle observation du ciel étoilé et sommes heureux de voir que les enfants apprécient ce moment. Ils vont tous se coucher heureux de ne pas avoir de réveil à régler pour le matin. Tim s'arrête en bas des escaliers, se retourne, nous sourit et dit :

— Merci beaucoup.

22

Cela fait une dizaine de jours que les jeunes sont avec nous et nous sommes impressionnés de leur adaptation aux lieux. Nous sommes très heureux pour eux, mais tellement choqués par ce que nous découvrons sur leurs parcours...

Tim a été retiré de chez sa mère parce qu'il ne parvenait plus à aller à l'école. Des années de thérapies n'ayant pas porté leurs fruits, les institutions en ont conclu que le souci était d'ordre familial. Au foyer où il se trouve aujourd'hui, il est bourré de médocs et parvient à aller en cours comme un zombie. L'infirmière qui vient quotidiennement à La Bulle pour lui n'en revient pas du traitement qu'il reçoit et qui pourrait assommer un éléphant ! Comme Amélia, elle se questionne sur des troubles de type autistique qui auraient échappé à leurs diagnostics. Si cela s'avère exact, il n'est absolument pas pris en charge comme il faut et n'a rien à faire éloigné de sa maman.

Comme Massinissa, il témoigne de conditions de vie au sein du foyer qui ressemblent plus à une jungle qu'un home-sweet-home ! C'est la loi du plus fort, et dès les premiers jours, il faut affirmer son camp ! Si c'est celui des faibles, comme celui de Tim qui n'a pas les bons codes pour communiquer avec les autres, la vie est un enfer ! À peine arrivé dans sa chambre, les autres jeunes lui ont découpé aux ciseaux toutes ses affaires, avec des menaces de mort si l'envie lui prenait de rapporter quoi que ce soit. L'étiquette « troubles du comportement » lui a donc été ajoutée dès le lendemain par l'équipe en découvrant ses fringues en mode confettis. Chaque journée est un exercice de survie pour lui...

Massinissa, qui a vécu la même chose, s'est murée dans un silence total. Au traumatisme de ses parents s'est ajouté celui-ci qui l'a fait plonger dans une sorte de mutisme.

Même si nous recevons trois autres jeunes dans quelques jours, nous avons réussi à obtenir deux semaines de plus à La Bulle pour Tim et Massinissa en offrant ce séjour supplémentaire. En termes de gestion, ce n'est pas ce que nous avons décidé de mieux, mais humainement, c'est impossible de faire autrement ! Cela nous laisse un peu de temps pour réfléchir à des solutions pour les sortir de là.

Grâce aux connaissances de Louis, nous avons pu faire venir une pédopsychiatre renommée qui habituellement ne se déplace pas et dont le carnet de rendez-vous est rempli sur plus d'un an. Elle confirme le diagnostic de Tim et nous fait une attestation précisant que le traitement qu'il reçoit n'est pas du tout adapté à sa « pathologie », ainsi qu'un certificat long comme le bras expliquant les besoins de Tim : se sentir en sécurité, respecter des rituels et une certaine routine, une prise en charge adaptée par des spécialistes, un allègement de son emploi du temps, etc. Nous ne parlons pas de tout cela à Tim, pour ne pas lui faire de fausses joies sans savoir comment cela va être accueilli par les services sociaux. Nous inventons une rencontre fortuite entre Tim et cette spécialiste prétendument venue en renfort sur un chantier participatif pour justifier de cet envoi à Béatrice, en espérant qu'elle en fasse bon usage.

Pour Massinissa, la seule solution pour la sortir de ce foyer serait de lui trouver un contrat d'apprentissage dans un secteur d'activité qui l'obligerait à s'éloigner du foyer. Elle s'est découvert une véritable passion pour la couture auprès de Louise et adorerait devenir styliste, mais malheureusement, dans les alentours, il n'y a aucune solution à lui proposer. Mais baisser les bras n'est pas le mot d'ordre des gens du village. Aider « la petite » est devenu la priorité numéro un de leur quotidien, avant même mon célibat ! La solution vient de Carmen à qui l'amour a reconnecté tous les circuits de son cerveau. Sa belle-fille, dans le Nord, travaille pour un atelier de dentelle d'un grand couturier. Le travail est tellement spécifique que cet atelier est également centre de formation. Massinissa pourrait y être apprentie et logée, tout en faisant ses premiers pas dans le monde de la mode... Ce n'est pas un métier de stylisme au sens pur, mais le dessin et la couture ont une place importante dans ce parcours. À sa majorité, elle pourra s'orienter plus facilement vers ce qui lui plaît. Massinissa est aux anges et réussit son entretien en visio. Il ne reste plus qu'à expliquer à Béatrice une rencontre fortuite avec la belle-fille de Carmen... Le dossier complet envoyé par Marion passe comme une lettre à la poste, mais Béatrice commence à questionner sur cette fameuse « fortuite » dont elle entend un peu trop parler à son goût.

Quant à Enna, elle a passé son séjour à s'occuper des animaux de la ferme, et notamment de Poil de Carotte, un renardeau orphelin venu tout seul chez nous réclamer de l'aide le lendemain de l'arrivée des jeunes. Après une visite chez Louis pour des vaccins et un nom végétarien pour le décourager de manger nos poules, ce bébé a atterri dans la chambre d'Enna qui lui donne un biberon six fois par jour. Sa maman arrive demain pour quelques jours dans la maison champignon, à la demande de sa fille qui veut partager avec elle son bien-être et sa rencontre coup de cœur avec Lucette.

Les parents d'Adyl, Yanis et Mehdi sont également venus s'installer au village. Après plusieurs séjours chez nous, ils se sont laissé tenter par la quiétude des lieux, mais aussi, je crois, par l'idée de vieillir auprès de leurs fils, même si l'avenir de Mehdi est toujours en Loire-Atlantique pour le moment.

Aujourd'hui, c'est une journée off pour moi et, de mon hamac posé en bordure de cours d'eau à proximité du moulin, je remercie la vie d'être aussi belle. Il y a tant d'amour dans notre quotidien... Il y a aussi plein de choses assez compliquées, mais rien d'infranchissable avec le meilleur de chaque être humain. Ce village est comme une grande famille : imparfaite mais solidaire, et...

— Lili ?

Mon cœur se met à battre comme un dingue et mon corps sursaute en reconnaissant cette voix. Je me retourne d'un bond pour m'assurer que mon cerveau ne me joue pas des tours, et tombe de mon hamac ! Je décoince mon pied qui est resté enroulé dedans et me redresse en ayant perdu une chaussure dans la bataille. Il est là, devant moi, un sourire inquiet sur les lèvres, indiquant qu'il ne sait pas comment je vais réagir à cette surprise... Mon encéphalogramme devient plat. Je n'arrive pas à réfléchir. Je suis partagée entre une envie de courir dans ses bras et juste un nonchalant : « Tiens ! Salut ! Tu vas bien ? » J'opte sans trop réfléchir pour l'humour :

— Rassure-moi, Raphaël, tu n'as rien vu de cette chute ridicule ? dis-je en simulant une posture de dignité.

— Ha ! ha ! ha ! Absolument rien, mon petit Pierre Richard !

— Tant mieux ! Tu ne pourras donc pas raconter aux autres le pouvoir qu'a ce petit bout de tissu pour se transformer en catapulte et en déchausse-pied !

Je lui tourne le dos pour remettre ma chaussure, et surtout pour cacher les émotions qui m'envahissent. Je sens alors son corps dans mon dos et ses bras qui me retournent et qui m'enlacent. J'ai les deux bras ballants le long du corps, l'esprit encore secoué par sa présence ici et par cette scène rêvée tellement de fois.

— Je me suis perdu plus longtemps que prévu, je te demande pardon... Tu m'as manqué...

Heu... alors là, dans ma tête, c'est un peu comme sur ces vidéos où la lave d'un volcan hawaïen tombe dans l'océan : c'est bouillant et ça pschiiiitttt en se figeant dans l'eau froide avec un nuage de vapeur ! C'est la rencontre entre mon amour pour lui autant irrationnel qu'inconditionnel et mon égo blessé par toutes ces belles Italiennes à qui il a conté fleurette. Aucun son ne parvient à sortir de ma bouche...

— Je comprends ton silence, j'ai déconné ! Mais je suis de retour pour de bon et, même si cela doit prendre du temps, je vais te prouver que tu peux me faire confiance, ma Lili !

Et je repschiiiittt en pensant à Louis qui me courtise patiemment depuis des semaines. Pourquoi faut-il toujours que je tombe amoureuse du bad boy ?

— Cout'... hum ! Écoute ! Je crois que j'ai besoin d'un peu de temps, effectivement...

Je me défais de son étreinte, tout en le regrettant immédiatement, avant de reprendre :

— Mais je suis très heureuse de te voir ici ! Tu as l'air en pleine forme...

— Je le suis... Je sais enfin pour mon père !

— Mais non ?! Raconte...

Nous nous asseyons dans l'herbe et je fais de gros efforts pour rester concentrée sur son histoire sans retourner me blottir contre lui. Être le fils du facteur n'est pas un mythe, c'est vraiment son histoire. Sa mère est tombée amoureuse de cet Antillais dès qu'il a pris ses fonctions à la distribution du courrier. Lorsqu'elle a découvert qu'elle était enceinte, elle était prête à quitter son mari et vivre pleinement cette histoire d'amour, mais ce n'était pas du goût du postier qui est reparti aux Antilles beaucoup plus vite que n'importe quel courrier express. Elle n'a jamais parlé de cette aventure à son mari et celui-ci n'a jamais posé de questions devant ce bébé foncé aux cheveux frisés, bien différent du reste de la fratrie blonde aux yeux clairs. Tout le monde a fait comme si tout était normal, et Raphaël, avec ses questions, risquait de faire péter une bombe enfouie sous terre depuis longtemps... C'est ce père, celui qui l'a élevé comme son propre fils, qui a fini par lui raconter ce secret de famille pour mettre fin à ce qui torturait tout le monde depuis tant d'années.

— Je viens de rentrer de Martinique, mon avion a atterri ce matin et je suis venu directement te voir.

— Je suis tellement contente que tu aies pu enfin avoir des réponses. Et là-bas ? Qu'as-tu trouvé ?

— Essentiellement une grande ressemblance physique et quelques explications sur certains traits de mon caractère. Mais ce qui a été le plus impressionnant, c'est ce sentiment de paix intérieure profond qui est arrivé soudainement durant mon séjour. Comme si ma quête se terminait enfin... non pas que j'aie trouvé le Graal, car il est loin d'être un saint homme, mais juste parce que c'est un questionnement qui n'envahit plus ma tête en permanence. J'ai beaucoup pensé à toi et à ton voyage au Portugal avec Amélia. Je comprends maintenant ce sentiment de complétude...

Je sens cette grande libération en lui... Je me lève, m'avance vers lui et lui tends la main :

— On repart à zéro. Enchantée, je m'appelle Lili !

23

Les aboiements des chiens et les coups de poing sur la porte du bus nous font sortir du lit d'un bond ! Franck hurle derrière la porte :

— Réveillez-vous ! Réveillez-vous ! Il faut évacuer !

La panique dans sa voix fait froid dans le dos. Raphaël lui ouvre à moitié nu tandis que j'enfile en vitesse les premières fringues que je trouve. Trempé de la tête aux pieds, les yeux pleins de terreur, il crie :

— Simone avait raison, c'est un cauchemar ! Le cours d'eau en bas de chez nous ne cesse de monter. C'est maintenant un immense courant de boue qui emporte tout sur son passage ! J'ai une voiture charriée par les eaux dans mon jardin et le rez-de-chaussée inondé sur plusieurs centimètres déjà ! On a besoin d'aide au village, vite !

Nous n'avons pas le temps de poser la moindre question qu'il est déjà reparti en courant. Hagards, Raphaël et moi restons immobiles un instant, le temps de digérer cette information. Trop de pensées traversent ma tête en même temps : les habitants, les enfants, les animaux...

— Merde ! Adyl et Joan !

Raphaël et moi sortons en courant sous la pluie diluvienne qui s'abat sur la région depuis quelques heures. Cet épisode cévenol, courant en cette période automnale, donne des précipitations d'une intensité exceptionnelle sur un sol asséché par l'été qui ne peut absorber une telle concentration d'eau. La destruction du maquis et des haies en amont sur le plateau pour une agriculture toujours plus intensive aggrave le phénomène : l'eau ne rencontre plus aucune barrière... La Bulle est en hauteur et il est impossible que la rivière monte jusqu'à nous, mais le cours d'eau qui alimente le moulin et qui rejoint la rivière peut servir de chemin à ce surplus de pluie et nos amis sont juste à côté et dans le bas de la propriété.

Nous ne pouvons pas nous en approcher par la route habituelle en contrebas qui est déjà complètement inondée. Nous nous frayons un chemin en amont à travers le bois et les ronces. Il fait nuit, la pluie nous fouette le visage, l'orage fait trembler le sol et les épines déchirent nos vêtements. Arrivés en bordure de clairière, notre course est stoppée net par un torrent de boue qui a remplacé notre champ de blé. Seule la cheminée de la maison d'Adyl sort de cette eau en furie. Mon cœur s'arrête de battre et mon cri déchire cette nuit maudite :

— Aaaaadyyyyylllll !!! Joaaaaaannnn !!!

Entre deux sanglots, je perçois une voix qui semble provenir du moulin. Notre lampe torche n'éclaire qu'un spectacle de désolation avant de trouver nos amis réfugiés en haut du moulin. C'est un soulagement immense, mais qui n'est que de courte durée : les arbres arrachés par la crue s'amassent et cognent le mur du bâtiment. Nous ignorons combien de temps cette vieille bâtisse pourra résister à ces violents assauts et je suis tétanisée par la peur. Ma main tremblante parvient avec difficulté à saisir mon téléphone portable au fond de ma poche, mais aucun réseau n'est disponible. Mes pensées se perdent dans les pires scénarios et c'est la voix de Raphaël qui me sort de cette panique :

— La poulie pour monter les sacs de farine !

Il leur hurle immédiatement des instructions. Son plan est qu'ils lancent la corde, de l'accrocher à un arbre et de les faire traverser en faisant le cochon pendu. Ils en sont à leur troisième tentative de lancer lorsque Yanis nous rejoint dans un état second de stress. Les « plus fort », « plus haut » s'enchaînent en vain pendant un temps qui me semble une éternité jusqu'à ce cri de joie de Yanis : « J'ai !!! »

Raphaël lui fait la courte échelle et il monte dans un énorme châtaigner. La pluie battante rend le tronc glissant et l'expédition périlleuse, mais rien n'arrête Yanis. La corde une fois solidement attachée, c'est Joan qui se lance en premier, puis Adyl. Ils se sont fait surprendre et sont sortis en boxer. Je réalise que Yanis aussi, dans sa précipitation, n'a enfilé qu'une paire de baskets et un ciré. Ils sont en état de choc, trempés et frigorifiés. La traversée sur la vieille corde leur a blessé les mains et Yanis a les jambes en sang. Nous les enveloppons de nos blousons et nous rentrons à la maison dans un silence religieux. Chacun réalise et digère ce qui vient de se produire...

De retour au mas, Raphaël et moi décidons de vérifier les étables avant de rejoindre le village pour apporter notre aide. À la sortie du chemin, l'eau nous arrive déjà jusqu'aux chevilles, ce qui signifie que les maisons dans le bas du village doivent être immergées jusqu'au premier étage. C'est la panique, certains demandent de l'aide pour sauver des meubles, d'autres ont l'air complètement perdus et errent sans trop savoir où aller. Lorsque nous rejoignons Franck qui organise les secours, l'eau nous arrive au-dessus du genou. Le courant dans le village est beaucoup moins fort que celui qui court dans le lit de la rivière, mais nous avons du mal à garder l'équilibre. Un petit groupe cherche avec leurs lampes torches des signes de vie dans les maisons quelques mètres en contrebas. Celles en plain-pied ne laissent apparaître qu'un toit et aucun signe de vie n'émerge des autres. Il n'y a plus qu'à espérer que les habitants aient eu le temps de fuir et que nous allons les retrouver.

— Où est Amélia ?

— Elle est à la salle des fêtes où elle accueille les habitants. Ton aide lui serait précieuse, Lili, pour distribuer des serviettes, des habits, et surtout pour les rassurer.

— Et Simone ? Quelqu'un a des nouvelles de Simone ?

Franck baisse les yeux et inspire un grand coup pour trouver le courage de me répondre :

— La route à la sortie du village a carrément été emportée, et sa maison étant encore plus en contrebas, je ne peux qu'imaginer le pire. Nous ne pouvons malheureusement rien faire pour le moment à part espérer qu'elle ait écouté ses intuitions !

Je ne veux pas imaginer le contraire, cette idée me glace le sang. Lorsque je rejoins Amélia, elle se précipite dans mes bras, puis me fait un point sur la situation. Le village ne dénombre qu'une centaine d'habitants, mais les voir presque tous réunis dans cette grande salle sombre avec cette expression de choc sur le visage fait froid dans le dos. Beaucoup ont été surpris dans leur sommeil et ont fui leur maison en pyjama, d'autres sont tombés dans la précipitation et se plaignent de douleurs ou présentent quelques plaies superficielles. L'état de Gaston est un peu préoccupant, car il ne peut plus bouger et se plaint de fortes douleurs dans le bassin et dans le haut de la cuisse. Il lui est impossible de marcher et nous suspectons une fracture du col du fémur. Jeanine et Carmen sont en état de choc et racontent n'importe quoi. L'une veut fuir « les Boches », l'autre hurle agenouillée au Jugement dernier et refuse de se relever.

— Amélia ? Ne penses-tu pas que nous devrions les rapatrier à La Bulle ? Il y a de l'électricité, de l'eau potable et de quoi servir des boissons chaudes. Ça devrait les rassurer.

— On va être à l'étroit, mais ça me semble la meilleure option. Mais il faut improviser un brancard pour Gaston et isoler Jeanine et Carmen, car elles terrorisent encore plus tout le monde !

— Il y a quatre Kerterres de disponibles, quelques chambres de libres et le stock de matelas que l'on nous a donnés entreposé au grenier. Franck et toi partagerez le bus avec nous, Adyl et Joan occuperont la chambre de fonction avec Yanis et Marion. Nous…

— La maison d'Adyl a eu des dégâts ?

Je lui raconte l'épisode cauchemardesque qu'ils ont vécu, puis rassemble un groupe de personnes pour un premier trajet vers La Bulle. C'est alors qu'un cochon me passe entre les jambes, me faisant faire un bond ! Amélia explose de rire :

— Ah oui ! J'ai oublié de te dire… Lucette est venue avec toute sa ménagerie ! Il y a également ses poules, ses canards et ses tortues dans la pièce qui sert de vestiaire. Certains sont venus avec leurs chats et leurs chiens que j'ai répartis dans la cuisine et l'arrière-cuisine. Il va falloir gérer ça aussi…

— J'espère que tu as bien dormi les nuits précédentes, car je crois que nous ne sommes pas couchées !

Le jour se lève lorsque nous terminons le dernier rapatriement dédié aux animaux. Barde s'est avéré un allié patient et adorable en acceptant de tirer une vielle charrette dans laquelle nous avons pu faire voyager Gaston allongé sur un matelas et protégé de la pluie par une bâche, puis les animaux. Les compagnons de Lucette ont rejoint l'étable ou la basse-cour et les autres animaux ont trouvé du réconfort dans notre pièce à chats ou dans une dépendance que nous avons aménagée de gamelles et de couvertures pour les chiens.

Les secours ne peuvent arriver jusqu'à nous et nous ignorons toujours le sort de certains villageois. Il faudra attendre la décrue pour faire un premier bilan. En attendant, il faut s'organiser. Les gens ont froid, faim, soif, peur… Les canalisations qui alimentent le village en eau potable ont cédé et notre puits est sous la boue. Nos seules réserves sont les cuves de récupération d'eau de pluie. Nous sommes obligés de rationner la distribution, mais cafés et infusions offrent un peu de réconfort. Les jeunes que nous accueillons actuellement ne sont là que depuis quelques jours et, une fois le choc passé, ils se montrent très empathiques et aidants. Jordan est celui qui me surprend le plus. À 15 ans, c'est un petit caïd de banlieue avec plusieurs faits de délinquance à son actif. Avec un père en prison et une mère alcoolique, son seul moyen de défense pour faire face à la vie et à la dure réalité des gangs dans les cités a été la violence verbale et physique. C'est un jeune à fleur de peau, en permanence au bord de l'explosion : une vraie bouteille de nitroglycérine à manipuler avec grande précaution ! Il cherche les conflits depuis son arrivée, parce que le seul mode de communication qu'il connaît, c'est l'attaque. Il reste souvent à l'écart, préférant la solitude à ce que lui propose la société qui le remplit de colère. Nous respectons ce besoin depuis son arrivée, et lui, pour le moment, nous observe. Et cette nuit, au milieu de ce chaos, dans son survêt trop grand et la capuche de son sweat enfoncée jusqu'aux oreilles, il prend soin des personnes âgées. Il distribue des boissons, désinfecte les petits bobos, rassure... Ses propos sont parfois un peu maladroits, mais son phrasé de banlieue a disparu. Sa carapace se fend et c'est un Jordan touchant et généreux qui sort de sa chrysalide.

Alors que je retourne au bus pour me changer et mettre des habits secs, je croise des chevreuils puis des sangliers en fuite. Leur territoire aussi a été attaqué et ils semblent tout autant perdus que nous. Je ne peux retenir mes larmes. Les épisodes cévenols ont toujours existé, mais le changement climatique est aussi une réalité. Ces phénomènes vont être de plus en plus fréquents et intenses. Le remembrement des territoires, l'appauvrissement des sols et les suppressions de haies sur les terres agricoles favorisent les coulées de boue, les glissements de terrain. Jusqu'à quand l'être humain restera-t-il sourd aux alertes de la nature ?

24

En milieu de matinée, un contact avec les secours est enfin possible. L'orage étant passé, un hélicoptère de la protection civile nous survole et guide les secours au sol. Deux secouristes sont hélitreuillés pour estimer les urgences à prendre en charge. Seul Gaston souffre beaucoup et Carmen prie toujours. Le reste de la bobologie est géré, même si certains pansements avec des dessins de Mickey ne ressemblent à rien de professionnel.

— On va vous laisser de quoi soulager les douleurs et les angoisses jusqu'à l'arrivée de nos collègues, me dit le secouriste le plus âgé. La décrue commence seulement et il est toujours impossible de traverser. Les camions tout terrain sont en position de l'autre côté et ils dégagent ce qu'ils peuvent à coup de tronçonneuse au fur et à mesure que l'eau descend. Ils devraient être là dans l'après-midi ou en fin de journée, si la pluie ne se remet pas à tomber !

— Puisque vous avez survolé la zone, je voulais savoir si vous aviez pu voir une petite maison juste à la sortie du village ?

Les deux secouristes se regardent d'un air gêné et cherchent leurs mots :

— Il n'y a plus aucune maison sur la rive droite de la rivière sur plusieurs kilomètres. Pour le moment, nous n'avons aucune idée du bilan humain, mais il risque d'être lourd. Avez-vous des personnes manquant à l'appel ?

— Oui, il y a quelques habitations qui semblaient vides mais que nous n'avons pas pu contrôler, une autre est complètement submergée et nous ignorons le sort de ses occupants, et il y a Simone, la petite maison dont je vous ai parlé. Ce qui monte à cinq le nombre de personnes dont nous n'avons pas de nouvelles. Franck va vous donner la liste.

— Parfait, nous la transmettrons à la gendarmerie pour l'enquête. Avec un peu de chance, ils étaient en vacances ou en famille… tente-t-il de nous rassurer.

Un bruit d'hélicoptère nous fait lever les yeux vers le ciel. Les chaînes de télévision survolent la zone à leur tour. Les images chocs vont pouvoir tourner en boucle sur les téléviseurs devant les yeux ébahis, le temps du reportage, des spectateurs qui continueront à ne rien changer à leur mode de consommation. La colère et le désespoir me gagnent. J'avais presque oublié la réalité du monde dans ma Bulle…

Les secours ne parviennent à nous que le lendemain. La rivière a regagné son lit et retrouvé son débit habituel, comme s'il ne s'était rien passé. Pourtant, les stigmates de son débordement sont partout. Des amas de boue, de branches, de déchets et détritus en tous genres jonchent les rues du village. Les murs des maisons portent la trace boueuse de son passage et les intérieurs des maisons ne sont que désolation. Des vêtements, des photos, des papiers, des souvenirs sont englués au sol dans une sorte de gadoue, mélangés aux meubles qui ont été emportés et renversés par les eaux. Le travail de nettoyage va être colossal, mais c'est surtout le chagrin des habitants qui fait mal au cœur.

Et au milieu de cet enfer, il y a quelques miracles. Des murs en pierre, datant parfois de plusieurs siècles, ont résisté et protégé les jardins et les maisons qu'ils encerclaient. Avec l'accord de leurs propriétaires et avec l'aide des pompiers, nous y installons plusieurs personnes afin de désengorger La Bulle. Des citernes d'eau potable sont installées et des groupes électrogènes assurent le minimum d'électricité pour les pompes à eau qu'ils ont apportées.

Nous sommes tous au bord de l'épuisement, et alors que je suis en train de trier les affaires sauvables de Lucette, une jeune femme vient se présenter à l'encablure de la porte. Je souris, car tout ce que je propose de jeter chez Lucette se termine par une fin de non-recevoir : « Un p'tit coup d'chiffon et pis c'est comme neuf ! Tu ne vas pas jeter ça, quand même ! »

— Je cherche Lili, me demande la jeune femme.

— C'est moi. Et vous êtes ?

— C'est le maire qui nous a envoyés vers vous. Nous sommes journalistes pour une chaîne d'information en continu et nous voudrions vous interviewer sur ce qu'il s'est passé. Mon cameraman nous attend dans le bas du village pour un direct, là où les dégâts sont les plus visibles. Il n'y en a pas pour longtemps. Vous me suivez ?

Je comprends pourquoi Franck me les a envoyés. Il croule sous des tonnes de démarches administratives plus débiles les unes que les autres et déteste ce genre d'exercice. Elle tombe bien, j'ai deux ou trois petits trucs à dire !

Le temps du trajet, elle me demande qui je suis, me fait part des questions qu'elle va me poser et me rassure sur la notion de direct. Je rigole intérieurement, car c'est elle qui devrait avoir peur... Elle me place devant la maison de plain-pied qui était complètement immergée et, heureusement, vide, sur laquelle les pompiers ont placé des signalisations pour en interdire l'accès en raison de son instabilité. Le compte à rebours commence, elle prend son micro et me présente de façon succincte. D'un ton grave et faussement compatissant, elle s'adresse à moi :

— Lili, pouvez-vous nous décrire ce qu'il s'est passé ici la nuit dernière ?

— Il s'est passé ce qui se passera encore et partout si vous continuez à filmer ce genre de scènes au lieu de faire un vrai travail d'investigation pour informer sur les vrais coupables !

Je parle vite, j'ai trop peur que l'on me coupe. Je vois à sa tête qu'elle ne comprend pas bien ma réponse, mais qu'elle commence à s'en inquiéter. Je me dépêche de poursuivre pour en dire le plus possible.

— Votre hélicoptère devrait survoler toutes les grosses entreprises trafiquantes de la taxe carbone et responsables de l'accélération du réchauffement climatique. Votre micro devrait demander des comptes aux industriels phytosanitaires qui ont infiltré les écoles agricoles et qui appauvrissent nos sols, polluent notre environnement. Votre joli minois devrait dénoncer toute l'industrie agroalimentaire qui empoisonne, gaspille et oblige les cultures intensives. Sinon, cela ne fait de vous que de vulgaires rapaces qui viennent se repaître des victimes de ce système !

Son visage est blanc, la caméra est revenue sur elle, elle bafouille...

— C'est une population encore sous le choc, comme vous pouvez le constater, et je vous propose de revenir plus tard pour d'autres témoignages !

Juste avant que le direct se coupe, Lucette, qui m'a accompagnée, lance un : « C'est bien envoyé, mon p'tit ! »

Elle s'avance vers moi, furieuse, et me demande si ça m'amuse de faire mon intéressante en de pareilles circonstances ! Je m'éloigne en lui répondant :

— Réécoutez ce que j'ai dit, vous verrez que ce n'est pas moi qui dis de la merde. En attendant, soit vous nous filez un coup de main, soit vous vous cassez...

Les vieilles mains ridées et sèches de Lucette saisissent les miennes. Je lis de la fierté dans ses yeux. Elle me sourit et me redit : « C'est vraiment bien envoyé, mon p'tit ! », avant d'ajouter un : « Zou ! Au boulot ! »

Jordan, que je n'avais pas vu, me court après :

— Lili ? Lili ? Comment tu l'as tuée, la meuf ! C'était trop fort ! J'ai tout filmé et tu étais en direct sur les réseaux. Je suis trop content de rencontrer des gens comme vous, sans déconner ! me dit-il en me faisant un check.

Je me sens un peu désarmée. Moi qui l'invite à ne pas répondre aux agressions par la violence, je suis prise en flagrant délit. Je défends mon territoire et ma liberté comme lui défend les siens. Je n'ai pas le temps de lui répondre, car Jordan est déjà parti en courant pour montrer la vidéo aux autres. Nous avons proposé aux jeunes de les raccompagner au train et de reporter leur séjour vu les circonstances, mais tous ont refusé. Ils se sentent utiles à aider la population et tissent des liens nouveaux pour eux autour de l'amitié, de la confiance, de la solidarité... Je reparlerai plus tard de tout cela avec lui. Pour le moment, je savoure mon heure de gloire et retrousse mes manches pour aider Lucette tout en me faisant la réflexion que si les réseaux téléphoniques ont été rétablis, il est probable que le reste suive.

Les heures qui suivent sont ponctuées d'interruptions. La vidéo de Jordan a fait le tour du village et les gens passent me féliciter, parfois surpris par cette partie de mon caractère qu'ils ne connaissent pas forcément, mais toujours enthousiastes par le discours que j'ai tenu. Franck vient me retrouver, mort de rire :

— Je savais que je les envoyais à la bonne personne ! J'ai une autre bonne nouvelle, Lili, la gendarmerie m'a appelé... Ceux qui manquent à l'appel sont sains et saufs.

Il rigole.

— Le gendarme m'a dit qu'ils avaient tous écouté les conseils de Simone, et l'incompréhension qui résonnait dans son timbre de voix était assez drôle !

— Merci d'être venu me porter cette bonne nouvelle, c'est un tel soulagement ! Sais-tu si d'autres personnes de la vallée manquent à l'appel ?

— Hélas oui, mais leur enquête n'est pas finie. Pour le moment, un bilan humain est impossible. Il va falloir attendre un peu et continuer de croiser les doigts.

— Ça va toi ? Tu tiens le coup ?

— Oui, il le faut. Comme vous tous, je suis épuisé, mais ça va. Je vais devoir chercher des solutions pour que cela ne se reproduise pas, ou en tout cas pour mieux protéger le village. Trouver des financements risque d'être compliqué. Je sens que les mois à venir vont être tendus…

— Tu pourrais peut-être commencer par réunir les agriculteurs de la région ? Nous pouvons peut-être essayer de les convaincre en douceur de replanter des haies ? J'ai un ami géologue qui peut venir en support et qui sera plus légitime à leurs yeux à prendre la parole.

— Je suis sceptique… le lavage de cerveau fait sur les bienfaits des produits phytosanitaires et la pression financière qu'ils subissent sur leurs exploitations risquent d'être des obstacles infranchissables à toute négociation.

— On ne regrettera pas de ne pas avoir essayé, au moins !

— On va tenter… Je programme ça dès que nous aurons repris un semblant de vie normale.

La luminosité à l'extérieur commence à diminuer et un retour à La Bulle est décidé avec Franck et Lucette. Lorsque nous arrivons, Adyl et Joan ont allumé notre traditionnel feu de camp. Il y a des habitudes qui rassurent et ce rituel en fait partie. Les gens se sont regroupés par affinités pour des pique-niques improvisés, d'autres se sont installés à la Guinguette. Nous mettons tout à leur disposition et chacun se débrouille. Naturellement, les gens s'organisent, partagent, aident… Nous sommes nombreux, mais cela reste particulièrement calme. Je suis surprise de retrouver Enna et Massinissa, venues filer un coup de main dès qu'elles ont appris ce qu'il s'était passé dans la région. Leur aide est la bienvenue et je suis très touchée. La fin de la soirée se déroule sous les rires en écoutant Adyl, Joan et Yanis raconter leur sauvetage en slip ! Rire du pire est signe de la digestion du choc. Je m'endors, hypnotisée par la danse des flammes dans le foyer, dans les bras de mon amoureux.

25

— À toi l'honneur, Jordan !

— Pour une fois que j'allume quelque chose et pas quelqu'un, dit-il en pouffant de rire avant de brancher l'unique guirlande de notre sapin maison sous les applaudissements des quelques villageois présents.

Comme tous les ans depuis notre ouverture, nous réunissons les habitants seuls au moment de Noël à l'allumage du sapin fabriqué et décoré par les enfants. Composé de branches mortes et orné de pommes, de fruits secs, de noix, de noisettes et de guirlandes de pop-corn, il décore notre grand salon le soir du Réveillon. Nous partageons un repas tous ensemble puis, à minuit, nous retirons l'installation électrique avant de partir le déposer dans la forêt pour les animaux, sur un tapis de foin. Il a toujours une drôle d'allure, mais les jeunes sont pleins d'imagination et le résultat est toujours original. Cette année, une dizaine de personnes partagent notre dîner, car beaucoup sont partis dans leurs familles. Même si la consigne est « pas de cadeaux », les invités ne peuvent se retenir de venir les mains chargées de bricoles pour les enfants qui ont les yeux qui brillent. Ce sont des choses simples, mais l'intention et l'ambiance familiale, ce sont ces choses-là les véritables présents.

Jordan observe fièrement le fruit de son travail et je le regarde, remplie d'émotions. Il a tellement changé depuis son arrivée, et surtout depuis cette nuit de cauchemar. La prise de conscience de la mort lui a ouvert les yeux sur la valeur de la vie. Son empathie et sa sensibilité étaient enfermées à triple tour dans un bunker pour se protéger de l'environnement familial et social qu'il devait affronter. Une fois cette porte ouverte, c'est un gamin d'une grande intelligence du cœur qui, tel un phœnix, est rené de ses cendres. Son sens de l'humour est encore particulier, mais il découvre la véritable relation aux autres et il va apprendre.

Les semaines qui ont suivi l'inondation avaient été particulièrement difficiles ! La charge de travail avait été colossale ! Entre les démarches administratives, les nettoyages de maison, les tris et l'organisation de La Bulle devenue un QG, les journées semblaient trop courtes. Le moulin était de nouveau inutilisable : il était resté debout, mais les fondations demandaient une remise en état. Toute la farine stockée à l'étage avait pris l'humidité, la rendant impropre à la consommation. La peur du manque des plus âgés, marqués dans leur enfance par les restrictions de la guerre, avait failli coûter la vie à Saucisse, que Marcel, l'ancien maire du village, voulait transformer en rôti et en boudin. Un stress violent réveille souvent les vieux fantômes que nous croyons enfouis à jamais…

La remise en état des infrastructures fournissant l'eau potable et l'électricité avait été longue, donnant le soir aux amas d'affaires détruites par les eaux dans les rues un air d'apocalypse. La maison de Simone avait littéralement été arrachée de ses fondations, puis broyée par le courant fracassant de la rivière en crue, tout comme une dizaine d'autres demeures du village en contrebas. Simone avait prévenu tout le monde avant de partir chez sa fille. Officiellement, personne ne croit ses prédictions, mais officieusement, tout le monde tend l'oreille. C'est ce qui avait sauvé la vie à une majorité. La vallée dénombrait néanmoins un mort et deux disparus.

Les anciens avaient connu de tels épisodes, mais jamais d'une telle ampleur. Il fallait repenser les aménagements du village autrement, car avec le changement climatique, d'autres heures sombres étaient à prévoir. Sur le plateau en amont de La Bulle, les haies arrachées pour créer d'immenses parcelles de cultures, ainsi que les terres érodées par les exploitations intensives et les produits chimiques ne faisaient plus office de barrière naturelle. Franck avait réussi à organiser une réunion, et sur la centaine d'agriculteurs locaux invités, seule une vingtaine s'était donné la peine de se déplacer. Avec beaucoup de pédagogie, les différents intervenants avaient présenté les faits, les solutions et les aides envisageables. Les plus âgés avaient écouté, posé des questions… Ils avaient le souvenir de leurs parents ou de leurs grands-parents qui exploitaient les terres de manière différente. Ils demandaient un temps de réflexion, mais l'ampleur des dégâts de cet orage faisait pencher la balance en notre faveur. Les plus jeunes, eux, étaient impossibles à convaincre ! Ils savaient tout mieux que tout le monde et restaient imperméables à notre demande. Ils étaient ceux qui nourrissaient la France et nous étions ceux qui leur devaient une reconnaissance infinie… Leurs gros tracteurs, financés par de gros emprunts et équipés d'une technologie digne de la NASA, étaient le sujet principal de leurs conversations. Insolents, irrespectueux, ils rigolaient sans retenue dès que quelqu'un prenait la parole.

Bien sûr qu'ils ne sont pas responsables de la météo, mais qu'ils ne se sentent pas concernés par la destruction des sols qui aggrave les conséquences de ces phénomènes métrologiques me consterne au plus haut point. J'avais la nausée devant ces égos si bêtement surdimensionnés.

En fin de réunion, alors que je tentais de calmer les anciens du village qui les menaçaient d'une opération commando à la chaux sur leurs cultures, deux d'entre eux étaient venus m'aborder :

— Vous êtes la propriétaire de La Bulle ?
— Une des propriétaires, oui. Pourquoi ?

— Parce que vous avez du gibier sur vos terres, et avec mes collègues, on aimerait bien venir chasser de temps en temps.

Je n'en croyais pas mes oreilles !

— Pour quoi faire ? avais-je répondu, interloquée.

— Bah, un, pour réguler la population des chevreuils ; deux, parce qu'ils viennent bouffer nos cultures ; trois, parce qu'on adore la chasse ; et pis quatre, parce qu'en civet, c'est délicieux !

Le rire gras qui avait conclu sa phrase m'avait donné la chair de poule. Comment était-il possible de prendre du plaisir à ôter une vie sans nécessité ? Comment ne pouvait-il pas être conscient que c'était lui l'animal nuisible qui supprimait tous les espaces et les ressources des autres espèces ?

— Que je ne vois pas ne serait-ce que votre ombre sur nos terres ! Un, si vous lisiez un tout petit peu, vous sauriez que la population des chevreuils s'autorégule sans avoir besoin de votre intervention ! Deux, vous avez entièrement raison, ça craint qu'ils viennent se nourrir dans vos champs avec la merde que vous balancez dessus. Nous sommes en train d'aménager nos clairières pour qu'ils y trouvent de quoi manger et espérons que, rapidement, ils n'auront plus besoin de votre poison. Trois, il serait grand temps que vous appreniez à réparer au lieu de vouloir toujours et encore détruire. Quatre, vous êtes gras comme un verrat et vous feriez mieux de manger des pissenlits avant que ce soit eux qui vous bouffent !

Il était devenu tout rouge de colère et semblait à deux doigts de me mettre une tarte ! Il avait tendu son index vers mon visage et avait bafouillé :

— On se doutait que l'on serait emmerdé avec des connards de bobos écolos qui « croivent » tout savoir de la campagne parce qu'ils ont vu deux vidéos sur YouTube ! Retournez donc faire les hippies dans vos villes et arrêtez de nous faire chier !

— Le verbe « croiver » n'existant pas, je vous invite à avoir l'air moins con en disant « les bobos écolos qui croient » ! Il y a eu un mort et deux disparus parce que plus rien ne retient les eaux sur le plateau. Qui sont vraiment les connards à votre avis ?

Le silence s'était fait dans la salle et tout le monde écoutait cette altercation. Ses yeux scannaient toute la salle en quête de soutien, mais n'en trouvant aucun, la vexation le poussa dans ses derniers retranchements :

— Faites attention à vous, les accidents de chasse, ça arrive tout le temps !

Je retiens Raphaël, prêt à lui sauter dessus. Et tandis que les deux gaillards quittaient la salle d'un pas rapide et énervé, je criais :

— Quand vous serez calmés, réfléchissez... Tous ensemble, nous pouvons encore changer les choses...

Cette journée qui se voulait sous le signe de la conciliation était un échec. Je m'en voulais de m'en être prise à lui de la sorte, c'était facile et pas intelligent. Il y avait longtemps que je ne m'étais pas laissé submerger par une telle colère. Nos deux mondes étaient trop opposés pour trouver un chemin commun à partager. Tout le monde m'encourageait à porter plainte pour ces menaces de mort et se proposait comme témoin, mais cela n'aurait fait que rajouter de l'huile sur le feu. La colère retombée, je croyais encore à un possible dialogue. Franck devait aller lui parler, il était impossible de ne pas réveiller chez lui un peu de compassion ! Ses deux tentatives de dialogue s'étaient pourtant soldées par un fiasco.

Cette nuit de Noël est particulièrement froide, mais le petit cortège qui suit la charrette tirée par Barde transportant le foin et le sapin jusqu'à la clairière est joyeux. Les enfants, pas très rassurés par les bruits de la forêt, veillent à ne pas trop s'éloigner. Adyl leur raconte alors l'histoire du Lapinosaure et leur explique qu'ils sont plus en sécurité ici que n'importe où ailleurs. Jordan se moque gentiment de moi jusqu'à ce qu'un craquement de branche le fasse sursauter et plonger dans la charrette. Leurs rires sont une délicieuse musique pour nos oreilles...

Plus nous approchons de la clairière et plus nous sentons une odeur nauséabonde. Arrivés devant, l'éclairage de la lune nous laisse deviner le carnage qui a eu lieu ici. Tout a été arrosé de produit chimique, probablement du glyphosate, et des chevreuils éventrés en état de décomposition jonchent le sol. Enfoncée sur les bois de l'un d'entre eux, une pochette plastifiée avec, à l'intérieur, une recette : celle du civet de chevreuil.

Je m'effondre à genoux et sanglote devant une telle cruauté. Amélia a le bon réflexe d'éloigner les enfants qui n'ont pas encore vu ce spectacle de désolation. Raphaël retient Yanis qui, fou de rage, veut aller faire la même chose à celui qui a fait ça. Mon cerveau part dans tous les sens, j'ai envie de vomir, mais je dois prendre sur moi. Nous ne pouvons plus rien faire pour ces pauvres animaux, mais nous pouvons éviter de gâcher la fête aux jeunes dont nous sommes responsables et qui ont suffisamment souffert comme ça dans leurs courtes vies.

— Nous devons quitter le terrain et ne toucher à rien, il y a peut-être des traces de chaussures, de brouettes ou de quad que nous ne devons pas effacer pour l'enquête. Yanis, peux-tu appeler la gendarmerie, s'il te plaît ? Cette fois-ci, nous ne laissons pas passer la menace ! Adyl, peux-tu faire faire demi-tour à Barde ? Nous allons dire aux enfants que quelqu'un a fait une mauvaise blague et recouvert la clairière de lisier, ce qui explique que nous ne pouvons poursuivre la « cérémonie » ici à cause de l'odeur. Nous sommes tous profondément écœurés, tristes et en colère, mais nous devons gérer les jeunes en priorité. La justice fera le reste, sinon, nous ne serions pas mieux que celui qui a fait ça...

Adyl marmonne quelques mots en marocain tout en exécutant le demi-tour de Barde. Je reconnais une citation de Lao-tseu : « Si quelqu'un t'a offensé, ne cherche pas à te venger. Assieds-toi au bord de la rivière, et bientôt, tu verras passer son cadavre. »

26

— Es-tu sûre de toi, Anne ? J'ai l'impression de ressembler à un œuf de Pâques avec tout ce maquillage sur le visage !
— Ennaaaaa ? Peux-tu venir deux secondes, s'il te plaît, ma chérie ?
— Oui, maman ?
— Trouves-tu que Lili ressemble à un pot de peinture, s'il te plaît ?
— Hein ? Non, pourquoi ? Tu es canon, Lili ! Arrête de stresser, tout va bien se passer…

Elle est loin la petite Enna toute timide et perdue que j'ai rencontrée à l'ouverture de La Bulle… Après plusieurs séjours, sa maman avait fini par choisir de s'installer ici. Anne se débattait avec un burn-out depuis un long moment : une spirale infernale entre un travail avec trop de pression, une adolescente en difficulté, un passé un peu encombrant, une quête de sens… Enna travaille aujourd'hui à mi-temps avec une équithérapeute, une amie de Louis, et a repris ses études par correspondance. Anne loue une petite maison dans le village et s'occupe de la production des savons, de crèmes et de la vente des produits transformés en général de La Bulle. Elle travaille à son rythme, fait quelques petits marchés, démarche des boutiques. Elle regarde sa vie à travers un nouveau prisme et respire le bonheur. Elle forme avec Louis un couple harmonieux, complice et plein d'amour. Ils sont trop mignons, tous les trois…

— Tu as raison, Enna, tout va bien se passer ! Merci, les filles… Bon, ben, j'y vais !

— Ce n'est qu'une émission de télé, Lili…

— Tu as beaucoup trop appris à relativiser, Enna ! Je vais en parler avec Amélia !

Nous explosons de rire. Je respire un grand coup et file rejoindre l'équipe de tournage. Une chaîne d'information alternative et libre nous consacre un reportage de 30 minutes. La Bulle intrigue et fait l'objet de plusieurs articles de presse depuis quelque temps. Tous les membres fondateurs mais aussi les habitants et les jeunes sont interrogés par le journaliste après une matinée de tournage des lieux et du village. Nous avons tous choisi l'endroit où nous voulions être filmés : Amélia avec la vue magnifique des montagnes dans son dos, Yanis au milieu des animaux, Adyl dans le potager, Franck à côté du moulin aujourd'hui restauré et en état de marche, Mehdi devant notre première maison de lutin. J'ai choisi la Guinguette. Pour plus d'authenticité, nous avons refusé d'avoir les questions en avance. Nous partageons la même philosophie, les mêmes valeurs et passerons tous les mêmes messages…

— Lili, comment définiriez-vous La Bulle en quelques mots ?

— La Bulle, c'est ce que devrait être notre planète : un lieu de solidarité, de partage, d'entraide, de respect de la nature et des Hommes… C'est un écolieu à taille humaine où les plus forts produisent pour les plus faibles, où ceux qui ont le savoir et la sagesse enseignent à ceux qui ont envie d'apprendre, où l'on se reconnecte à notre humanité loin des exigences d'un système de productivité qui n'a plus aucun sens, où l'on apprend à réconcilier les intérêts collectifs et les intérêts individuels et où l'enrichissement personnel remplace l'enrichissement financier.

— Vous proposez des séjours à des jeunes issus essentiellement de foyers de l'ASE ou à des touristes qui sont pourtant payants ?

— Nous sommes dans un système qui veille à ce que l'argent soit obligatoire. Donc, tant que nous devrons nous acquitter de taxes, d'impôts et d'assurances, nous ne pourrons pas être dans la gratuité totale. Mais nous travaillons chaque jour pour plus d'autonomie alimentaire et énergétique afin d'augmenter nos offres de troc, plus équitables, plus justes. Nos tarifs tiennent compte des revenus et veillent à n'exclure personne. Les séjours chez l'habitant permettent à des familles défavorisées de profiter d'une parenthèse dans ce petit coin de paradis en échange de quelques petits services rendus auprès de ceux qui les accueillent… L'argent reste malheureusement indispensable pour le moment pour mener à terme notre projet. Nos revenus d'aujourd'hui servent essentiellement à financer des aides à domicile pour que les anciens vivent dignement le plus longtemps possible dans les maisons où ils ont bâti leur vie. Nous achetons également quelques maisons que nous mettons à disposition des acteurs de la vie communautaire en échange d'un quota d'heures de services gratuits à la population. Un loyer représente en moyenne 30 % d'un salaire. Une aide-soignante qui vient s'installer au village devra donc 30 % de son temps de travail à la communauté, soit 10 h par semaine environ, en échange d'une maison avec jardin dans un village de charme avec un accès à des aliments sains à moindre coût, voire gratuits. Elle dispose du reste de son temps à faire ce que bon lui semble et à gagner ailleurs l'argent dont elle a besoin. Nous avons également financé un séjour en Angleterre et un autre aux États-Unis pour deux jeunes. C'était un de leurs rêves…

— Vous disposez aujourd'hui d'une dizaine de maisons dites « Kerterre ». Votre carnet de réservation est plein plusieurs mois à l'avance. Comment expliquez-vous ce succès ?

— Nous avons deux profils de clients. D'une part, des citadins qui souhaitent se ressourcer et se reconnecter à la nature, mais nous recevons de plus en plus de retraités qui réfléchissent à leur projet de vie. Ils sont nombreux à ne pas vouloir se projeter seuls dans une chambre de 10 m² dans un EHPAD pour engloutir à 18 h une soupe sortie tout droit de chez Tricatel contre les économies de toute une vie. Je ne sais pas vous, mais je pense que personne ne mérite de finir dans une cage à lapins le jour où l'on n'est plus productif pour ce système. Ce projet doit beaucoup aux savoirs des habitants. Ils sont l'âme et l'histoire de ce lieu.

— Vous avez reçu une centaine de jeunes depuis votre ouverture. Quelle est leur place, du coup, dans cette communauté vieillissante ?

— De la rajeunir, justement ! Ils apportent de la vie, de l'énergie, de l'envie, des idées... Ils trouvent en échange la chaleur, l'attention, la considération, le respect qui ont manqué à leurs courtes vies. C'est la grande famille qu'ils n'ont plus, où tout le monde veille et prend soin des autres... C'est un système symbiotique. Nous disposons d'outils magiques, comme la ferme pédagogique ou les thérapies alternatives brèves, et de temps pour les réparer un peu, leur redonner l'espoir d'une vie meilleure et croire à nouveau en la bienveillance.

— Comment se passe la collaboration avec les services sociaux ?

— Cette collaboration fonctionne, car elle est basée sur la confiance et la transparence. Notre mission est complémentaire à la leur. Nous ne nous substituons pas à leurs prestations. Et comme dans tous les rapports humains, la communication, la bienveillance et le respect sont les clefs de cette réussite.

— Lili, pourquoi avoir choisi la Guinguette pour cet entretien ?

— Parce que c'est le cœur qui alimente La Bulle. C'est ici que l'on partage tout : la parole, la mémoire, les activités, les besoins, les marchandises, le temps... la vie, quoi ! À cette table, par exemple, un jeune a découvert le métier de forgeron et fait actuellement une formation pour remettre en route celle du village. À celle-ci, c'est celui de meunier... ou plutôt de meunière, puisque c'est une jeune aujourd'hui en apprentissage qui fait tourner le moulin qui nous permet de produire du pain. À cette autre table, nous avons appris la grippe d'un habitant et avons organisé des passages chez lui pour lui apporter l'aide dont il avait besoin. Certains ont cuisiné, d'autres lui ont tenu compagnie ou sont allés lui chercher ses médicaments. La grande table là-bas sert souvent de QG pour les discussions intergénérationnelles : les anciens se racontent aux plus jeunes, les jeunes confient leurs difficultés aux anciens... Chaque table ici est riche de beaux moments de partage.

— Quel est votre rôle exact ici, Lili ?

— Je suis un élément de l'ensemble, un maillon de la chaîne... Nous décidons ensemble, faisons ensemble. Il n'y a pas de rétention d'informations ou de jeux de pouvoir. C'est un travail d'équipe.

— Vous envisagez de vous agrandir sur l'ensemble des 40 hectares ?

— Surtout pas ! Nous veillons à protéger l'écosystème et à laisser le moins d'empreinte possible de notre présence dans la nature. Et puis, nous voulons que ce village reste un village !

— Mais vous ne pourrez pas répondre à la demande que vous décriviez tout à l'heure comme de plus en plus forte ?

— Bien sûr que non. Mais ce n'est pas à La Bulle de s'agrandir... Il faut juste créer d'autres Bulles un peu partout. Nous sommes de plus en plus sollicités par des communes souffrant de désertification et de vieillissement de leur population. Nous travaillons à une sorte de franchise pour exporter le concept dans d'autres villages. Nous avons consigné notre parcours, nos erreurs, nos réussites, notre charte, nos besoins, notre planning, nos démarches, notre budget, notre organisation, etc., pour que d'autres puissent reproduire ce modèle ailleurs. Il suffit aux maires de mettre à dispositions des terres et des bâtiments qui de toute façon seront perdus s'ils ne font rien. Mehdi, notre spécialiste des maisons Kerterres et tourisme, sera à l'origine de la prochaine Bulle qui ouvrira ses portes en Loire-Atlantique. D'autres projets se feront ailleurs, j'en suis certaine.

— Combien coûte cette franchise ?

— Vous avez le filtre financier tenace… Nous proposons ce pack gratuitement mais à plusieurs conditions : que les porteurs de projet viennent deux semaines minimum sur place pour vivre le concept et s'imprégner de ses valeurs ; qu'ils s'engagent à adapter le projet aux spécificités du lieu qui les accueille… Les terres sont différentes, les espèces endémiques aussi, les altitudes ou les conditions climatiques peuvent être autres qu'ici ; qu'ils partagent leur propre pack avec les autres Bulles : les expériences des uns peuvent enrichir les autres et nous n'avons pas la prétention de croire que nous avons pensé à tout ; qu'ils respectent la charte de valeur pour garantir l'éthique qui nous tient à cœur.

— Pourquoi les enfants de l'ASE ?

— Aider ces enfants est un choix lié au passé de certains membres fondateurs, mais il y a plein d'autres jeunes à aider et chaque Bulle sera libre de choisir le public qu'elle souhaite accueillir en fonction des compétences de leurs membres. En Loire-Atlantique, par exemple, ce sont les réfugiés mineurs qui seront accompagnés, sur des séjours plus longs, pour les aider à se reconstruire, mais aussi pour apprendre ce pays si différent et loin du leur. Les possibilités sont malheureusement nombreuses et j'espère qu'un jour, toutes fonctionneront juste pour le plaisir d'être tous ensemble.

— Merci, Lili…
— Merci à vous.

27

— Wouah ! Tu as été parfaite, mon amour ! Je suis impressionné... me dit Raphaël en applaudissant et en s'avançant vers moi pour me prendre dans ses bras.

— Tu n'es pas objectif du tout, mais je te remercie quand même ! Ça ne se voyait pas trop que j'étais stressée ?

— Tu n'as tripoté ta mèche qu'une question sur deux, c'est en progrès ! Sincèrement, tu as été juste, il n'y a rien à redire... Si tu tiens ce discours demain au rendez-vous et que le maire ne lance pas de projet sur sa commune, c'est qu'il est sourd ou complètement stupide, ou pire, les deux ! Je t'aime...

— Hummmm, moi aussi ! Je suis contente que l'on prenne la route tous les deux demain pour quelques jours. Même si c'est pour bosser, nous aurons du temps pour nous entre chaque rendez-vous...

— Toi qui rêvais de faire un tour du monde, sais-tu que nous avons reçu un mail ce matin d'un village en Espagne et un appel d'une commune en Italie qui souhaitent nous rencontrer ? Du coup, j'ai calé ça avec l'équipe, et on ira là-bas après nos six rendez-vous français. On part un peu plus longtemps et un peu plus loin...

— Non, je ne savais pas, mais c'est génial ! Mais c'est là que je regrette d'avoir pris allemand en deuxième langue, vois-tu ! Je sens que mon poème « Die Lorelei » appris par cœur en classe de première sous la terreur d'un prof complètement barge ne va pas m'être utile.

— T'inquiète, je parle couramment italien et me débrouille plutôt pas mal en espagnol. Et Franck vient d'appeler aussi. Il nous convoque tous à une réunion ce soir à la mairie. Mais impossible de savoir pourquoi, il avait l'air pressé...

— À la mairie ? Habituellement, nous faisons les réunions ici... J'espère qu'il n'y a rien de grave. Amélia n'en sait pas plus ?

— Non, mais elle n'avait pas l'air plus inquiète que ça... Bon, terminons déjà avec cette équipe de tournage, et on verra après !

— Attends... encore un peu de tes bras, s'il te plaît... Je suis complètement accro et je n'ai pas ma dose !

— Ha ! ha ! ha ! Ma jolie junkie Lili d'amour...

Après une longue étreinte et plusieurs baisers, nous retournons chacun à nos occupations. Télévision ou pas, il y a toujours mille choses à faire ici. Et cet après-midi, nous partons avec Adyl et les jeunes à une cueillette d'orties pour faire de la gelée. Tout le monde adore la manger, mais personne n'aime les tripoter. Seul Adyl maîtrise le bon geste qui empêche cette sensation d'avoir glissé ses mains dans un nid de frelons...

Il est 19 h lorsque nous arrivons à la mairie, accompagnés des jeunes que nous hébergeons actuellement. C'est rare que La Bulle soit déserte, mais visiblement, tout le monde avait des obligations ce soir. Franck nous attend devant la porte, l'air inquiet :

— Ah, vous voilà ! Venez vite, il faut que je vous montre quelque chose...

Et il part en marchant vite sans nous en dire plus. Je lui cours derrière :

— Franck ? Que se passe-t-il ? C'est grave ?

— Oui, assez ! Vous jugerez par vous-mêmes... Suivez-moi !

— Mais c'est grave comment ? Parce qu'il y a les enfants avec nous... Si on pouvait leur épargner ça !

— Disons que c'est important et qu'ils peuvent rester. Mais arrête avec tes questions, Lili...

Je n'ai pas le temps de protester, car il s'arrête devant la salle des fêtes où il nous invite à rentrer en nous pressant.

— Tu sais où est l'interrupteur, Franck ? On ne voit rien... Et puis tu vas nous dire enfin ce qu'il se passe ? C'est stressant ton...

La lumière s'allume devant une salle des fêtes pleine à craquer de gens qui applaudissent en criant : « Surpriiiiiiiise ! »

Je reconnais les habitants du village, certains membres de leur famille, des jeunes qui sont passés chez nous, des gens qui nous ont aidés à un moment, ma mère qui sourit toujours, Judite, Sandro... Je les vois mais ne comprends pas ce qu'ils font là. Mon cœur bat super fort, et vu la tête de ceux qui m'accompagnent, je ne suis pas la seule à me questionner.

Franck se met face à nous, enfile son écharpe de maire et prend un micro :

— Il y a cinq ans, lorsqu'une charmante blondinette essayait de franchir la porte de la mairie en quête d'un hôtel, je ne pouvais pas imaginer à quel point ma vie et celle de tant de personnes allaient changer ! Cela fait trois ans aujourd'hui que La Bulle est officiellement ouverte, et il était important pour chacun d'entre nous de vous dire merci pour tout ce que vous avez apporté à la communauté. Les valeurs et l'éthique que défend chaque membre de votre équipe rayonnent sur chacun d'entre nous. Avec simplicité et humilité, vous avez généreusement partagé votre bienveillance et votre sens de la solidarité, pour redonner de l'espoir aux jeunes et aux moins jeunes. Nous avons tous mis la main à la pâte pour organiser cette surprise avec la complicité de Raphaël. C'est à la bonne franquette, comme on dit ici, mais sachez que notre merci vient du fond du cœur ! Merci !

Des « merci » se noient sous les applaudissements, tandis que nous, nous nous noyons dans nos larmes. Il tend le micro à Amélia qui, trop émue, me le donne aussitôt. Adyl le refuse d'un signe de la main, tout comme Yanis et Mehdi. La voix chargée d'émotion, j'essaie de trouver quelques mots...

— Waouh ! Difficile de trouver les mots là tout de suite... Nous sommes tous extrêmement touchés et très émus ! Désolée... J'ai juste envie de dire que... nous avons tous ce que l'on mérite. Et en observant tous ces visages devant moi, je n'en vois aucun qui ne mérite pas d'attention, d'amour, de temps. Tout ce que nous donnons nous est rendu au centuple.

Je marque une pause en reconnaissant Massinissa et Tim.

— Gandhi disait : « Vous devez être le changement que vous voulez voir dans ce monde. » Sans votre soutien, votre confiance, votre aide, ce changement ne serait resté qu'une douce utopie. Grâce à chacun d'entre vous, d'autres Bulles vont naître, et avec elles, nous l'espérons tous, une épidémie de fraternité, de solidarité et de reconnexion à la vie ! C'est nous qui vous remercions !

Mes jambes tremblent un peu tandis que nous les applaudissons à leur tour. Raphaël nous remet un livre d'or, où chacun a écrit un petit mot, collé des photos, fait des dessins. Massinissa a écrit un texte magnifique en introduction.

— Je reprends le micro un court instant pour vous lire un texte de Massinissa, l'une des premières jeunes à avoir été accueillies à la Bulle. Il explique très justement ce à quoi nous contribuons tous ensemble...

Dans ce monde égoïste se meurt l'humanité
Qu'importe le sacrifice des jeunes ou des aînés
Juste une course au fric avec des oubliés
Humains et animaux, piétinés sans pitié
Respect de la nature, j'n'ose même pas en parler

Au milieu d'cet enfer, une lueur d'espoir
L'Homme est bon, je peux maintenant y croire
Je les ai rencontrés, ils m'ont sortie du noir
Un village paumé au milieu de nulle part
Une bulle d'oxygène ouvrant un réservoir

De possibles demains avec moins de nuages
Tous ensemble, pour redevenir des sages
Juste amour, solidarité et partage
Des ingrédients trop rares quel que soit l'âge
Que d'autres bulles d'amour partent vite à l'abordage !

— Merci, Massinissa… Merci du fond du cœur…

Je ne sais plus combien de fois j'ai pleuré, combien de personnes j'ai embrassées, remerciées, serrées dans mes bras. Tim est venu avec sa maman, qui l'a récupéré peu de temps après les bons diagnostics. Il a maintenant les bons suivis, les bons aménagements et se remet doucement de tous ces traumatismes vécus. Massinissa a été remarquée en formation pour ses dons en dessin et commence un stage de styliste pour un grand couturier. Enna profite de cette soirée pour m'annoncer, rayonnante, qu'elle a obtenu son bac et que son rêve de devenir équithérapeute devient possible. Mais il y a aussi Jules, Ian, Enzo, Emma, Clara, Jordan… et tous ceux qui n'ont pas pu venir mais qui sont repartis de La Bulle avec un petit peu de soleil dans le cœur. Et puis toutes ces familles qui viennent nous témoigner leur gratitude pour un père, ou une mère, dont la vie a repris des couleurs.

En rentrant à la maison, une fois les jeunes couchés, nous nous installons, comme tous les soirs, pour regarder le ciel étoilé et nous remettre de toutes ces belles émotions. Ce soir, nous nous tenons tous la main, sans un mot.

Quelques agriculteurs ont commencé à replanter des haies et se sont lancés dans de la culture raisonnée, des digues ont été bâties et des systèmes d'alarme installés, même si aucun n'aura l'efficacité de Simone. L'enquête avait prouvé la responsabilité du « verrat » et de deux complices dans le massacre qui avait eu lieu dans la clairière, mais un syndicat de chasseurs avait envoyé leurs meilleurs avocats pour les défendre et leurs peines avaient été ridicules : une amande et un rappel à la loi. Comme si l'argent, une fois de plus, pouvait tout solutionner ! C'est Lao-tseu qui avait raison, le karma avait fait son travail... Le principal accusé, acculé par des dettes trop importantes sur son exploitation, avait déposé le bilan et dû vendre sa ferme aux enchères. Pour gagner plus et pouvoir rembourser ses emprunts, il devait produire plus. Pour cela, il rachetait des terres, mais devait travailler plus et s'équiper de machines encore plus grosses et sophistiquées qui lui mettaient encore plus de pression financière. Une spirale infernale qui l'avait fait sombrer et nous avait permis l'acquisition à moindre prix de ses terres pour en faire un sanctuaire pour les animaux sauvages. L'un de ses complices était tombé gravement malade à force d'inhaler les produits miracles qu'il étalait dans ses cultures. Le dernier, quant à lui, eut les deux mains broyées par un de ses engins dernier cri.

Le changement vers une société plus humaine, plus simple, moins égoïste, va être long. Peut-être même ne sera-t-il qu'une douce utopie de quelques dingues assis autour d'un feu, mais nous aurons été heureux d'y croire et d'essayer...

Note de l'auteure

Le bien le plus précieux de notre existence est le temps. C'est une denrée rare, absorbée complètement par notre rythme de vie, pour répondre aux impératifs d'un système économique.

N'avez-vous jamais eu envie de cesser de courir ? De stresser ? N'avez-vous jamais imaginé pouvoir vous libérer des contraintes ? Des diktats ? Des peurs ? Ne vous êtes-vous jamais questionné sur le sens de la vie ? Pourquoi vous étiez ici, maintenant ? Pourquoi vous aviez rencontré certains blocages ou vécu des choses difficiles ?

Le premier confinement m'a donné l'espoir d'une prise de conscience générale. J'ai cru que ce temps d'arrêt allait éveiller les consciences sur ce fonctionnement sociétal qui mène l'humanité à sa perte. Mon réveil a été brutal et mon rêve de courte durée : le premier jour du déconfinement, des queues immenses se formaient dans les rues devant les grandes enseignes, les embouteillages se remultipliaient, les nuisances sonores reprenaient leur cadence infernale et les animaux avaient redisparu des paysages. Alors que le jour du dépassement (c'est-à-dire la date à laquelle l'humanité a consommé toutes les ressources que la planète est capable de lui fournir en un an) est de plus en plus tôt, la surconsommation, l'individualisme et le manque d'éthique ont repris allègrement leur cours. Le système a la dent dure et le déconditionnement est difficile.

Pourtant, le changement qui doit impérativement s'opérer n'est pas compliqué ou impossible. Il suffit juste de se reconnecter à la nature, à notre liberté et à notre humanisme. Je me refuse d'être la dernière génération qui aurait pu tout changer et qui n'a rien fait. Alors, avec *La Bulle*, je plante quelques graines avec ces mots tatoués sur le papier, avec l'espoir que le demain de nos enfants pourra exister et qu'il ressemblera à cela.

Il n'est plus temps d'espérer le changement que nous souhaitons voir se réaliser, il est urgent que l'utopie devienne réalité.

Puissent ces douces paroles d'Étienne Daho – *Ouverture* vous accompagner sur votre chemin :

Il n'est pas de hasard
Il est des rendez-vous
Pas de coïncidence
Aller vers son destin
L'amour au creux des mains
La démarche paisible
Porter au fond de soi
L'intuition qui flamboie
L'aventure belle et pure
Celle qui nous révèle
Superbes et enfantins
Au plus profond de l'âme

Nathalie SAMBAT

Remerciements

« *La valeur des choses n'est pas dans la durée, mais dans l'intensité où elles arrivent. C'est pour cela qu'il existe des moments inoubliables, des choses inexplicables et des personnes incomparables.* »

Fernando PESSOA
Le livre de l'intranquilité

À Bella, Nanou, Anne, Vincent, Adyl, Anice, Zoé, Titouan, Philippe, Cédric, et Séverine, pour leur soutien, leurs encouragements, leur temps et leurs rêves partagés.

À Yoann et toute l'équipe de JDH Éditions,

À mes lecteurs,

À la vie !

De la même auteure

Plumes à Plume

Drôles de pages

Collection dirigée par Yoann Laurent-Rouault

Chroniques, récits, journaux, témoignages, carnets de bord, expériences en tous genres, loufoqueries et billevesées. Théâtre et roman. Nouvelles. Poésie. L'élixir et aussi le flacon. Tout y est possible.

Une seule condition d'admission : l'humour et la réflexion doivent s'unir pour le meilleur et non pour le pire.

Cette collection est effectivement un agglomérat de drôles de pages, servez-vous et dégustez chaud !

À découvrir dans la collection Drôles de pages

Aimez-vous les uns les autres
de Sir Sami Rliton

Le meurtre du bon sens
de Gilles Nuytens

Petit traité philosophique d'une confinée du peuple
d'Anne-Sophie Tredet

ZAD
de Julie Jézéquel et Christophe Léon

Quatre en quatre temps
de Sylvie Bizien

DéBut T
de Renaud Sermon

L'humanisme avant tout
de Badis Diab

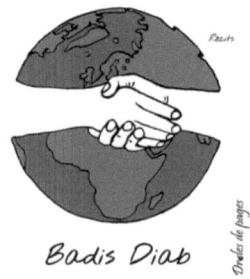

L'Édredon

La revue littéraire de JDH Éditions

Venez découvrir les textes de la revue

**Textes et articles dans un rubriquage varié
(chroniques, billets d'humeur, cinéma, poésie…)**

Suivez **JDH Éditions** sur les réseaux sociaux
pour en savoir plus sur les auteurs,
les nouveautés, les projets…

Inscrivez-vous à notre Newsletter sur
www.jdheditions.fr
Pour recevoir l'actualité de nos nouvelles
parutions